速写与随笔

茅盾 著

中国青年出版社

开篇词——『老开明原版名家散文系列』

中国出版史上这样记载着：

开明书店——成立于 1926 年。

青年出版社——成立于 1950 年。

中国青年出版社——于 1953 年由开明书店和青年出版社合并而成立。

开明——中青，从此便有了血脉关系。八十年多的『开明』历史，超过一个甲子的『中青』历程，数代人辛勤劳作，培育出的是一座斑斓绚丽的昆仑园圃。我们采撷其中最美的一束花朵，敬献给深深关爱着我们的广大读者和作者。

愿这束花朵，在您的案头或手上散发馨香。

站在橋上的人就同渾身的毛孔全都閉住心口泛淘淘像要嘔出什麼來。

這一天上午，天空老張着那灰色的幔沒有一點點漏洞也沒有動一動也許幔外邊有的是風但我們罩在這幔裏的，把鷄毛從橋頭抛下去也沒見他飄飄揚揚跳方步就跟住在抽出了空氣的大筒裏似的，人張開兩臂用力行一次深呼吸可是吸進來只是熱辣辣的一股悶。

汗呢只管鑽出來，鑽出來可是膠水一樣膠得你渾身不爽快像結了一層壳。

午後三點鐘光景人像快要乾死的魚張開了一張嘴忽然天空那灰色的幔裂了一條縫不折不扣一條縫像刀晃晃的刀口在這幔上劃過然而劃過了幔又合攏跟沒有劃過的時候一樣透不進一絲兒風一會兒長空一閃又是那灰色的幔裂了一次縫然而中什麼用？

像有一隻巨人的手擎着明晃晃的大刀在外邊想挑破那灰色的幔像是這巨人已

二

雷雨前

清早起來，就走到那座小石橋上摸一摸橋石，竟像還帶點熱；昨天整天裏沒有一絲兒風。晚快邊響了一陣子乾雷也沒有風這一夜就悶得比白天還厲害天快亮的時候這橋上還有兩三個人躺著，也許就是他們把這些石頭又睏得熱烘烘。

滿天裏張著個灰色的幔看不見太陽然而太陽的勢力好像透過了那灰色的幔，直逼著你頭頂。

河裏連一滴水也沒有了，河中心的泥土也裂成烏龜壳似的田裏呢早就像開了無數的小溝——有兩尺多闊的，你能說不像溝麼？那些苔色的泥土乾硬得就跟水門汀差不多好像牠們過了一夜工夫還不曾把白天吸下去的熱氣吐完這時牠們那些扁長的嘴巴裏似乎有白煙一樣的東西往上冒。

前　记

　　昔年在日本西京，曾因"卖豆腐的哨子"，"红叶"，"樱花"等等，而写了几篇随笔。当时国内文坛尚无所谓"小品年"，而"性灵"、"个人笔调"之说，亦未有人大声疾呼。我是向来不大懂得"性灵"这个微妙的东西，而且素来喜欢发点议论，所以"卖豆腐的哨子"等篇虽然是偶书所见，仍旧充溢着"俗"的议论。

　　后来有二年多，我没有什么随笔之类写出来。不写，因为有别的事情分去了我的工夫。

　　"一·二八"以后，我常在《自由谈》上投稿。《自由谈》所需，正是五六百字的短文；然而《自由谈》到底是"软性读物"，不宜于说教式的短文。于是我所写的，便不得不是又像随笔又像杂感——乃至有时简直竟像评论。

　　同时《东方杂志》复刊后也因"文艺栏"地盘太窄之故，需要随笔一类的短文。我开始投的一篇，就是题为《我们这文坛》的，实在完完全全是议论。不过一个作家有时既不能不像一个厂家似的接受外边的"定货"，那他也就不能不照着"定单"

去制造，这结果便是《冥屋》、《秋之公园》、《公墓》等等。

到一九三三年的七月，不知不觉已经积有四十多篇了；有一家书店要我给一本稿子，我就拿这些来充数，胡乱题了个《茅盾散文集》的名字。

在这《散文集》的自序中，我有这样一段话：

"从来有'小题大做'之一说。现在我们也常常看见近乎'小题大做'的文章。不过我以为随笔之类光景是倒过来'大题小做'的。

"在这时代，'大题目'多得很。也有些人常在那里'大题小做'，把天大的事说得稀松平常，叫大家放下一百廿四个心静静地去'等候五十年'。我的所谓'大题小做'不是这么一种做法。

"我的意思是：大题不许大做，就只好小做做了。

"而这'做'字就很难。太尖锐，当然通不过；太含混，就未免无聊；太严肃，就要流于呆板；而太幽默呢，又恐怕读

六

者以为当真是一桩笑话。

"所以就我自己的经验而论，则随笔产生的过程是第一得题难，第二做得恰好难。虽然因为被'逼'着也写了这么几十篇，而每次都是一身大汗，其不足观，自不待言。

"不过特殊的时代常常会产生特殊的文体。而且并不是大家都像我那样不济事的，真真出色的'大题小做'的随笔近来已经产生了不少。细心的读者自然会咀嚼，不必我在这里多说。"

上面这一段我的话，是一九三三年七月写的；其时"小品年"尚无影踪；"性灵"之说，市面上亦未见样品；我把随笔解释为"大题小做"的文章，初非为了论争，亦不过沿袭我往常之所信罢了。

等到既有了"小品年"，而且有了"性灵"，有了"个人笔调"之说，我还是因为"需要"而大胆写着随笔。其间我也曾尝试找找"性灵"这微妙的东西，不幸"性灵"始终不肯和我打交道；但我却也以为"个人笔调"是有的，而且大概不能不有的，只是此所谓"个人笔调"倒和"性灵"无关，而为各个人的环境教养所形成，所产生；我的随笔写来写去总不脱"俗"的议论的腔调，恐怕就是一例吧！

到了一九三四年十月，我所写的随笔居然又可以集成一册了；于是就以《话匣子》这名儿在《良友文学丛书》内占据了一册。

其实在《散文集》和《话匣子》里大部分的东西，虽然我称之为随笔，实非通常所谓随笔而是评论体的杂感，本年（一九三五）上半年——或者竟是一九三四下半年，文坛上发生了"杂文问题"的时候，有好几位先生指出"杂文之产生与发展，是因为有特殊的社会需要"，这使我想起了我在《散文集》自序所说的"特殊的时代常常会产生特殊的文体"这句话，而且颇自喜没有说错。但是在《散文集》自序写下以后，我一天一天的自觉得"不济事"，我觉得我写的杂感太像硬邦邦的短评了。

从《太白》发刊以后，我就打算——借郁达夫先生的一句话："利用他的所长而遗弃他的所短"（见《新文学大系》散文二集序）。我打算写写通常所谓随笔，以及那时很风行的速写。一年以来，不知不觉也写了不少；在《太白》和《申报月刊》上发表。

可是虽在"利用"我的"所长"，成绩还是不好。

现在因为开明书店拟刊印一种"文学丛书"，要我也凑一本。我把一九二八年到现在所写的随笔和杂感，再读一遍，从《散文集》里选了十来篇，又从《话匣子》里选了八九篇，再加上去年到现在的已经陆续发表过的，也有十多篇，略依年月先后，分为三部，取了个《速写与随笔》的书名。

这算是我所写的随笔（照这词的通常的意义）的选集——或第一次的整理。

一九三五年十二月二日茅盾记

目录

第一部

卖豆腐的哨子

早上醒来的时候，听得卖豆腐的哨子在窗外呜呜地吹。

每次这哨子声引起了我不少的怅惘。

并不是它那低叹暗泣似的声调在诱发我的漂泊者的乡愁；不是呢，像我这样的outcast，没有了故乡，也没有了祖国，所谓"乡愁"之类的优雅的情绪，轻易不会兜上我的心头。

也不是它那类乎军笳然而已颇小规模的悲壮的颤音，使我联想到另一方面的烟云似的过去；也不是呢，过去的，只留下淡淡的一道痕，早已为现实的严肃和未来的闪光所掩煞所销毁。

所以我这怅惘是难言的。然而每次我听到这呜呜的声音，我总抑不住胸间那股回荡起伏的怅惘的滋味。

昨夜我在夜市上，也感到了同样酸辣的滋味。

每次我到夜市，看见那些用一张席片挡住了潮湿的泥土，就这么着货物和人一同挤在上面，冒着寒风在嚷嚷然叫卖的衣衫褴褛的小贩子，我总是感得了说不出的怅惘的心情。说是在怜悯他们吗？我知道怜悯是亵渎的。那么，说是在同情于他们吧？我又觉得太轻。我心底里钦佩他们那种求生存的忠实的手段和态度，然而，亦未始不以为那是太拙笨。我从他们那雄辩似的"夸卖"声中感得了他们的心的哀诉。我仿佛看见他们吁出的热气在天空中凝集为一片灰色的云。

可是他们没有呜呜的哨子。没有这像是闷在瓮中，像是透过了重压而挣扎出来的地下的声音，作为他们的生活的象征。

呜呜的声音震破了冻凝的空气在我窗前过去了。我倾耳静听，我似乎已经从这单调的呜呜中读出了无数文字。

我猛然推开幛子，遥望屋后的天空。我看见了些什么呢？我只看见满天白茫茫的愁雾。

雾

雾遮没了正对着后窗的一带山峰。

我还不知道这些山峰叫什么名儿。我来此的第一夜就看见那最高的一座山的顶巅像钻石装成的宝冕似的灯火。那时我的房里还没有电灯，每晚上在暗中默坐，凝望这半空的一片光明，使我记起了儿时所读的童话。实在的呢，这排列得很整齐的依稀分为三层的火球，衬着黑魆魆的山峰的背景，无论如何，是会引起非人间的缥缈的思想的。

但在白天看来，却就平凡得很。并排的五六个山峰，差不多高低，就只最西的一峰戴着一簇房子，其余的仅只有树；中间最大的一峰竟还有濯濯的一大块，像是癞子头上的疮疤。

现在那照例的晨雾把什么都遮没了；就是稍远的电线杆也躲得毫无影踪。

渐渐地太阳光从浓雾中钻出来了。那也是可怜的太阳呢！光是那样的淡弱。随后它也躲开，让白茫茫的浓雾吞噬了一切，包围了大地。

六

我诅咒这抹杀一切的雾!

我自然也讨厌寒风和冰雪。但和雾比较起来,我是宁愿后者呵!寒风和冰雪的天气能够杀人,但也刺激人们活动起来奋斗。雾,雾呀,只使你苦闷;使你颓唐阑珊,像陷在烂泥淖中,满心想挣扎,可是无从着力呢!

傍午的时候,雾变成了牛毛雨,像帘子似的老是挂在窗前。两三丈以外,便只见一片烟云——依然遮抹一切,只不是雾样的罢了。没有风。门前池中的残荷梗时时忽然急剧地动摇起来,接着便有红鲤鱼的活泼泼地跳跃划破了死一样平静的水面。

我不知道红鲤鱼的轨外行动是不是为了不堪沉闷的压迫?在我呢,既然没有呆呆的太阳,便宁愿有疾风大雨,很不耐这愁雾的后身的牛毛雨老是像帘子一样挂在窗前。

十二,十四,二八

虹

不知在什么时候金红色的太阳光已经铺满了北面的一带山峰。但我的窗前依然洒着绵绵的细雨。

早先已经听人说过这里的天气不很好。敢就是指这样的一边耀着阳光，一边却落着泥人的细雨？光景是多少像故乡的黄梅时节呀！出太阳，又下雨。

但前晚是有过浓霜的了。气温是华氏表四十度。

无论如何，太阳光是欢迎的。我坐在南窗下看 N.Evréinoff 的剧本。看这本书，已经是第三次了！可是对于那个象征了顾问和援助者，并且另有五个人物代表他的多方面的人格的剧中主人公 Paraclete，我还是不知道应该憎呢或是爱？

这不是也很像今天这出太阳又下雨的天气吗？

我放下书，凝眸遥瞩东面的披着斜阳的金衣的山峰，我的思想跑得远远的。我觉得这山顶的几簇白房屋就仿佛是中古时代的堡垒；那里面的主人应该是全身裹着铁片的骑士和轻盈婀娜的美人。

欧洲的骑士样的武士，岂不是曾在这里横行过一世？百余年前，这群山环抱的故都，岂不是一定曾有些挥着十八贯的铁棒的壮士？岂不是余风流沫尚像地下泉似的激荡着这个近代化的散文的都市？

低下头去，我浸入于缥缈的沉思中了。

当我再抬头时，咄！分明的一道彩虹划破了蔚蓝的晚空。什么时候它出来，我不知道；但现在它像一座长桥，宛宛地从东面山顶的白房屋后面，跨到北面的一个较高的青翠的山峰。呵，你虹！古代希腊人说你是渡了麦丘立到冥国内索回春之女神，你是美丽的希望的象征！

但虹一样的希望也太使人伤心。

于是我又恍惚看见穿了锁子铠，戴着铁面具的骑士涌现在这半空的彩桥上；他是要找他曾经发过誓矢忠不二的"贵夫人"呢？还是要扫除人间的不平？抑或他就是狐假虎威的"鹰骑士"？

天色渐渐黑下来了，书桌上的电灯突然放光，我从幻想中抽身。

像中世纪骑士那样站在虹的桥上，高揭着什么怪好听的旗号，而实在只是出风头，或竟是待价而沽，这样的新式的骑士，在"新黑暗时代"的今日，大概是不会少有的吧？

红叶

朋友们说起看红叶，都很高兴。

红叶只是红了的枫叶，原来极平凡，但此间人当做珍奇，所以秋天看红叶竟成为时髦的胜事。如果说春季是樱花的，那么秋季便该是红叶的了。你不到郊外，只在热闹的马路上走，也随处可以见到这"幸运儿"的红叶：十月中，咖啡馆里早已装饰着人工的枫树，女侍者的粉颊正和蜡纸的透明的假红叶掩映成趣；点心店的大玻璃窗橱中也总有一枝两枝的人造红叶横卧在鹅黄色或是翠绿色的糕饼上；那边如果有一家"秋季大卖出"的商铺，那么，耀眼的红光更会使你的眼睛发花。"幸运儿"的红叶呵，你简直是秋季的时令神。

在微雨的一天，我们十分高兴地到郊外的一处名胜去看红叶。

并不是怎样出奇的山，也不见得有多高。青翠中点缀着一簇一簇的红光，便是吸引游人的全部风景。山径颇陡峻，幸而有石级；一边是谷，缓缓地流过一道浅涧；到了山顶俯视，这浅涧便像银带子一般晶明。

山顶是一片平场。出奇的是并没有一棵枫树，却只有个卖假红叶的小摊子。一排芦席棚分隔成二十多小间，便是某酒馆的"雅座"，这时差不多快满座了。我们也占据了一间，并没有红叶看，光瞧着对面的绿丛丛的高山峰。

两个喝得满脸通红的游客，挽着臂在泥地上婆娑跳舞，另一个吹口琴，呜呜地响着，听去是"悲哀"的调子。忽而他们都哈哈笑起来；是这样的响，在我们这边也觉得震耳。

芦席棚边有人摆着小摊子卖白泥烧的小圆片，形状很像二寸径的碟子；游客们买来用力掷向天空，这白色的小圆片在青翠色的背景前飞了起来，到不能再高时，便如白燕子似的斜掠下来（这是因为受了风），有时成为波纹，成为弧形，似乎还是簌簌地颤动着，约莫有半分钟，然后失落在谷内的丰草中；也有坠在浅涧里的，那就见银光一闪——你不妨说这便是水的欢迎。

早就下着的雨，现在是渐渐大了。游客们不知在什么时候已经减少了许多。山顶的广场（那就是游览的中心）便显得很寂静，芦棚下的"雅座"里只有猩红的毡子很整齐地躺着，时间大概是午后三时左右。

我们下山时雨已经很大；路旁成堆的落叶此时经了雨濯，便洗出绛红的颜色来，似乎要与那些尚留在枝头的同伴们比一比谁是更"赤"。

　　"到山顶吃饭喝酒，掷白泥的小圆片，然后回去：这便叫做看红叶。谁曾在都市的大街上看见人造红叶的盛况的，总不会料到看红叶原来只是如此这般一回事！"

　　我在路旁拾起几片红叶的时候，忍不住这样想。

速写一

沿池子的水面，伸出五个人头。

因为池子是圆的，所以差不多是等距离地排列着的五个人头便构成了半规形的"步哨线"，正对着池子的白石岸旁的冷水龙头。这是个擦得耀眼的紫铜质的大家伙，虽然关着嘴，可是那转柄的节缝中却嘶嘶地飞迸出两道银线一样的细水，斜射上去约有半尺高，然后乱纷纷地落下来，像是些极细的珠子。

五岁光景的一对女孩子就坐在这个冷水龙头旁边的白石池岸上，正对着我们五个人头。水蒸气把她们俩的脸儿熏得红彤彤的，头上的水打湿了短发是墨黑黑的，肥胖的小身体又是白生生的。她们俩像是孪生的姊妹。坐在左边的一个的肥白的小手里拿着个橙黄色透明体的肥皂盒子；她就用这小小的东西舀水来浇自己的胸脯。右边的一个呢，捧了一条和她的身体差不多长短的手巾，在她的两股中间揉摩。

虽是这么幼小的两个，却已有大人

的风度，然而多么妩媚。

这样想着，我侧过脸去看我左边的一个人头。这是满腮长着黑森森的胡子根的中年汉子的强壮的头。他挺起了眼睛往上瞧，似乎颇有心事。

我再向右边看。最近的一个正把滴水的毛巾盖在脸上，很艰辛地喘气。再过去是三角脸的青年，将后颈枕在池子的石岸上，似乎已经入睡。更过去是一张肥胖的圆脸，毫无表情地浮在水面，很像个足球。

忽然那边的矿泉水池里呼啦啦一片水响，冒出个黄脸大汉来，胸前有一丛黑毛。他晃着头，似乎想出来却又蹲了下去。

大概是惊异着那边还有人，两个小女孩子都转过头去了。拿肥皂盒的一个的小脸儿正受着冷水龙头逃出来的水珠。她似乎觉得有些痒吧，她慢慢地举起手来搔了几下，便又很正经地舀起水来浇胸脯。

一九二九，二，六日

速写二

水声很单调地响着，琅琅的似乎有回音。浓雾一般的水蒸气挂在白垩的穹隆形屋顶下，又是入睡似的静定。

不知从什么时候起，浴场中只剩下我一个人。

坐在池子边的木板上，我慢慢地用浸透了肥皂沫的手巾摩擦身体。离开我的眼睛约莫有两尺远近，便是那靠着墙壁的长方形的温水槽，现在也明晃晃的像一面大镜子。

可是我不能看见我自己的影。我的三十度角投射的眼光却窥见了那水槽的通到隔壁浴场的同样大小的镜平的水面。

这样在隔断了的两个浴场中间却依然有这地下泉似的贯通彼此的温水槽呢！而现在，却又是映见两方的镜子。我想起故乡民间传说里的跨立在阴阳界上的那面神秘的镜子来了。岂不是一半映出阴间的事而又一半映出阳间的事，正仿佛等于这个温水槽的临时的明镜？

我赞美这个民间传说的奇瑰的想象，

我悠悠然推索这个民间传说的现实的张本。我下意识地更将头放低些，却翻起眼珠注视这沟通两世界的新的阴阳镜。

蓦地一个人形印在我的眼里了。只是个后身。然而腰部的曲线却多么分明地映写在这个水的明镜！如果我是有一个失去了的此世间的恋人的呀，我怕要一定无疑地以为阳间的我此时正站在阴阳镜前面看见了在冥国的她的倩影！

一种热烈的异样的情绪抓住了我。那是痴妄的，然而同时也是圣洁的、虔诚的。

然后，正和传说中神秘的镜子同样地一闪，美丽的腰肢蓦地消失了；扑通一声，挽着个小木盆的美丽的白手臂在镜平的水面一沉，又缩了上去。温水槽里起了晕状的波动。传说的梦幻的世界破灭了，依然是现实的浴场，依然是浓雾一般的蒸汽弥漫在四壁间入睡似的静定。

一九二九，二，十七日

樱花

往常只听人艳说樱花。但要从那些"艳说"中抽绎出樱花的面目，却始终是失败。

我们这一伙中间，只有一位Y君见过而且见惯樱花，但可惜他又不是善于绘声影的李大嫂子，所以几次从他的嘴里也没有听出樱花的色相。

门前池畔有一排树。在寒风冻雨中只剩着一身赤裸裸的枝条。它没有梧桐那样的癞皮，也不是桃树的骨相，自然不是枫——因为枫叶照眼红的时候，它已经零落了。它的一身皮，在风雪的严威下也还是光滑而且滋润，有一圈一圈淡灰色的箍纹发亮。

因为记得从没见过这样的树，便假想它莫就是樱花树吧！

终于暖的春又来了。报纸上已有"岚山观花"的广告，马路上电车站旁每见有市外电车的彩绘广告牌，也是以观花为号召。自然这花便是所谓樱花了。天皇定于某日在某宫开"赏樱会"，赐宴多少外宾，多少贵族，多少实业界巨子，多少国会议员，这样的新闻，也接连着登载了几天了。然而我始终还没见到一朵的樱花。据说时间还没有到，报上消息，谓全日本只有东京上野公园内一枝樱花树初初在那里"笑"。

在烟雾样的春雨里，忽然有一天抬头望窗外，蓦地看见池西畔的一枝树开放着一些淡红的丛花了。我要说是"丛花"，因为是这样的密集，而且又没有半张叶子。无疑地这就是樱花。

过了一两天，池畔的一排樱花树都蓓蕾了，首先开花的那一株已经栖艳得像一片云霞。到此时我方才构成了我的樱花概念是：比梅花要大，没有桃花那样红，伞形的密集地一层一层缀满了枝条，并没有绿叶子在旁边衬映。

我似乎有些失望：原来不是怎样出奇的东西，只不过闹哄哄地惹眼罢了。然而又想到如果在青山绿水间夹着一大片樱花林，那该有异样的景象吧！于是又觉得岚山是不能不一去了。

李大嫂子在国内时听过她的朋友周先生夸说岚山如何如何的好。我们也常听得几位说："岚山是可以去去的。"于是在一个上好的晴天，我们都到岚山去了。新京阪急行车里的拥挤增加了我们几分幻想。有许多游客都背着大瓶的酒，摇摇晃晃地在车子里就唱着很像是梦呓又像是悲呻的日本歌。

一片樱花林展开在眼前的时候，似乎也有些兴奋吧？游客是那么多！他们是一堆堆地坐在花下喝酒，唱歌，笑。什么果子皮，空酒瓶，"便当"的木片盒，杂乱地丢在他们身旁。太阳光颇有些威力了，黄尘又使人窒息，摩肩撞腿似的走路也不舒服，刚下车来远远地眺望时那一股兴奋就冷却下去了。如果是借花来吸点野外新鲜空气呀，那么，这样满是尘土的空气，未必有什么好处吧？——我忍不住这样想。

山边有宽阔的湖泊一样的水。大大小小的游船也不少。我们雇了一条大的，在指定的水路中来回走了两趟。回程是挨着山脚走，看见有一条小船蜗牛似的贴在山壁的一块突出的岩石下，船里人很悠闲地吹着口琴。烦渴中喝了水那样的快感立刻凝成一句话，在我心头掠过：岚山毕竟还不差，只是何必樱花节呵！

归途中，我和惠得到了的结论是：这栖艳的云霞一片的樱花只宜远观，不堪谛视，很特性地表示着不过是一种东洋货罢了。

五月十五日

邻 一

樱花谢后绿叶成荫的时候，有一份人家搬进了我们左边的空屋。

主人是警察，有两个小孩子；大的男孩子总有八九岁了吧，已经会骑小脚踏车。小的是女孩子，也很能走了，但有时还像周岁左右的婴儿似的背在操作的母亲的背上，所以我最初以为他们有三个孩子。

但是右边的房屋却还是空着。常常有人来看，总没人来住。

忽然一天有一个中国学生带着日本老婆搬来了。却不料仅仅三天，便又搬走。

"那边的席子太坏，房东又不肯换……"

我们常常这样议论。

然而到底有人搬来了；扛进了几只原来是装酒瓶的木箱，又梆梆地敲了半夜。第二天，我们就看见一个女人在门前扫地。是个十足的东方式美人呢，多么娴雅幽静！很想看看她的丈夫。在第三天也看到了，却是瘦瘠苍老有一张狭长脸的和尚式的中年男子。

我们觉得这一对儿不配。偶然到我们这里来玩玩的 Y 君更是很义愤地猜测他们是父女。为的那男人实在可以估计到五十多岁。很能够做女子的父亲。

然而这父亲样的丈夫也是不常在家里住。每天早上，我们这位芳邻扫好了自己门前的一段地——有时也顺便替我们扫，就坐在窗前的木板上，惘然望着池里的绿水。也曾经和我们招呼过，可是言语不通，彼此只能笑笑而已。这僻静的门前路便连过路人也几乎没有。在十时左右，卖豆腐的哨子又远远地吹来的时候，我们偶然探头到窗外去望，总见她还是悄悄地坐在那里。

从她的幽媚的眼波，她的常像是微笑的嘴唇，她的娴静的举止，她的多愁善感的表情，我们仿佛了解她的生平，无端替她起了感伤。啊，寂寞！幽闺自怜的寂寞！旧时诗词里所咏东方式的女子的寂寞，这不是一个实例吗？

偶尔那父亲样的丈夫回来了。那也大都是在晚上，不声不响和影子一样。虽然只隔着一层比纸窗好得不多的泥墙，可是我们从没听得我们这芳邻有什么话响。却在一次听得她和警察的大孩子说话，是多么美丽的声音呀！

在我的偏见，日本话算不得好听的语言，但是在这位芳邻口中，却居然也有法国话那样美丽的音调。

以后我们常听得那样音乐似的话响了：卖豆腐的小子，收买旧货的老头儿，每一趟买卖中，我们这位芳邻总要和他们谈上十分钟以至半小时的话。当话声寂静了时，我们偶然望望窗外，照例的看见她又是惘然坐在门前的木板上，手支着下巴，似乎在凝思什么。

寂寞！我们了解她的不可排解的寂寞了！

一九二八，五，一五

邻二

春静的明窗下，什么轻微的响声也可以听到。

市外电车隆隆然的轮机声像风暴似的逼近来，又曳远了。水井上辘轳的铁链子，时或也发出索郎郎的巧笑。房主人的一大群鸽子咕咕地叫。在窗玻璃上钻撞的苍蝇也嗡嗡地凑热闹。

忽然有比较生疏的沙沙的小声从窗前碾过，在渐渐远去消失了的时候，它又回来了。这样来回地无倦怠地响着的，便是邻家小孩子的脚踏车。

这一排住家，只有这一位小朋友，他只能整天坐在他的小脚踏车上，沙沙地碾这没有行人的池畔的小道。

小朋友该有八九岁了吧！他的小脸儿时常板板，比他做警察的父亲还要严肃。母亲是太忙碌，小妹子又是太小，不懂得玩耍。所以他——这位小朋友每天只能坐在他的小脚踏车上碾门前的泥土了。

偶然沙沙的声音在半路上戛然而止，

于是便有轻倩美丽的女子的话响点缀这春的寂寞。我们知道这是又一孤寂的邻人——那可爱的忧悒的日本少妇在和这寂寞的孩子谈话了。我们的好事的心便像突然感得了轻松。

但是没有听到回答。音乐样的语音也中断了。沙沙的声音又渐渐远去，然后又回来了。我们失望地向窗外张望，依然是那样的春光，依然是娴雅的身体静静地坐在门前木板上，美妙的眼睛惘然望着辽远的不知所在的地方，小脚踏车的寂寞的孩子又沙沙地跑过又回来了。

这寂寞的孩子！这寂寞的少妇！然而他们又无法互相安慰这难堪的春的寂寞。

在春静的明窗下看到了这诗一样的小小的人生的翦片，我们的心不禁沉重起来了。

风化

夏已经到了。夜的公园内憧憧然往来着纳凉的人们。警察于是乎也特别忙。什么大树下的绿草茵上有一对人儿在昵昵私语吧，警察先生便要来光顾，而且他认为"必要"时，也许要问问这一对儿的住址，如果碰到他是一位奉公不贰的先生，也许这一对儿要跟他到"署"里去一次了。

因为照料着每个市民的利益，是他的义务，而维持社会的安宁秩序又是他的职权；因为假若某一对儿不是法律所承认的结合，而可以被放任，那么至少是有一位市民的利益会因此受了损伤；因为"恋爱"虽然是文明国家所应许的个人间私德的自由，然而"野合"也是文明社会内所不堪容忍的有伤风化。

就是站在这样严正的立点上，大都市的大阪有一位"风化"警察特别热心。他牺牲了整夜的工夫，在公园，在什么寺什么神社的附属园林，在任何隐僻的地点，到处巡行，想找觅他的忠于职守的"人证"；而在午夜三点钟街头既已人静的时候，他又闯进每一个咖啡店去维持那里的全空的客坐的秩序。

到底忠诚有酬报！这位风化警察在一家咖啡店楼上发现了并头睡觉的一对儿！女的是该店的侍者，男的不知是谁。他们申述了许多理由，他们又恳求。但是警察先生只认识法律，不懂得人情，终于带了他的人出来，说是要到"署"里去。

不料在半路上，这位官长又变了主意。他说男的可以不去，只要女的。这样拆开了，他就自己来扮演"男的"地位。当他那张大的嘴巴贴到"女的"脸上时，他就吃到了清脆的一击；女的也就转身逃了，背后紧跟着那位官长。在一个小学校的操场前，他追上了；像发疯一般，他把女的拖进操场，就在那里强奸了。

虽然他努力要秘密这一件事，可是无效。第二天，咖啡店的女侍者就报告了警署。我们猜，那位贤明的长官是怎么办呢，他并没拘囚那犯罪的警察，却向要求解释的社会作了如下的回答："M 是这里的模范警察呢！这回的失态，也许是一时的错误；然而为纪律计，我们觉得还是罚他的好，却不必张扬其事——我们已经将他解职。"

那么"强奸"也不是怎样了不得的罪恶，只是一时的"失态"而已！我们好不好这样的想：把一个人的职业派定为专门与闻男女的"秽亵"，事实上不啻引诱他去"失态"，是对于人类本性的恶作剧的揶揄，所以"失态"是应该原谅的，所不能原谅者却是那些"秽亵"的人儿！这又是"只许州官放火"的新的心理说明。

在这里，我想起了莫尔纳（Molnar）的一篇有趣的作品。这位匈牙利的讽刺家很巧妙地剥露出人们的所谓正直品格不外乎是一种积累的强制。做警察的人，第一次从小窃身上搜出金表宝石来的时候，不免也要心动吧，但因他的职业是"正直"，他不能不强制。正和偷摸是小窃的生活之道一般，警察的生活之道是不偷。

所以我就觉得那位日本警察先生还没有学会他的职业的调子。然而他们还是已经办了六七十年的警察呢！因而我更觉得什么贪婪枉法之类在我们贵国的新贵人中间出现，照例是一点也不足奇。可不是早就有人说过，短促的两三年怎么就怨得人家还没养成不偷不摸的职业的"廉洁"呢。

这是最新发明的道德论，是滚在地下说大话的那种东方式的老泼皮的口吻！然而这便是当今我们贵国最有名的"思想家"呢，据说！

自觉得反正偷摸不到什么或不便偷摸的人们，往往是"正直"的君子。这在"偷女人"或是"偷汉子"的事项中，表现得最充分。"维持风化"的叫声也便是从这里出来。怎么怨得腿脚不中用的老头子妒忌小伙子会跑会跳？又怎么怨得虽则并没老然而有什么东西绊着腿的小伙子也要妒忌同伴们的行动自由？所以我们即使有许多"自由精神"的名人，却很少听得自由精神的批评。

可不是人毕竟还是太不完全而且太多矛盾？

一九二九，八月一日

自杀

自杀在报纸上天天有得看见，这也是一种"文明病"。

最近东京市发现了一桩值得想一想的自杀案子：

某甲患着强烈的肺病，他的二十八岁的年轻的老婆又是个不很轻的歇斯底里的女人；他们有七岁的女儿和五岁的儿子。

因为感觉到病是总不会好了吧，丈夫就和妻商量着要自杀，而妻也赞成。

于是三月十七这天，由丈夫绞杀了妻和儿女；可是他自己却出门去浪游。

经过了整整的四十天，他忽然从某处打电话给他的在外交部办事的哥哥，说是已经杀了妻儿。大概是不很相信吧？哥哥也置之不理。

直到七月二十九日，那位哥哥到兄弟家里去，这才发现了四具腐烂的死尸！

在女孩儿的尸身旁，排列着许多"人形"，很正式的按照女孩儿的"人形祭"的规矩。

这是浪游归来要自杀以前的父亲对

于他的女儿的最后的慈意!

据说五月二十那天，这位肺病的父亲还在他的银行里支取一千五百元，因而推想他的终于自杀至早是在五月二十以后。

呵! 在近代生活的狂乱急转的大轮机中，不健全的肉体，即使有钱，也还是没有生活的意义，可不是这就是他所以要自杀的原因?

自杀，自杀! 你是弱者的逋逃薮，你多么不光荣!

然而可否让我们从反面解释这是人类觉醒后暂时变态的心情，是天明前的半晌阴沉?

让我们唾弃那些为了经济压迫为了失恋而自杀的人们，但是让我们赞美那些苦求着合理的生活，高远的憧憬，而终于自杀的人们!

他们诚然不免于脆弱，但不能不说是已经觉醒了的灵魂!

所谓新土耳其现在不是也汹涌自杀的黑潮? 可不是他们那里的青年有些幻灭，有些失望? 可不是因为他们毕竟有比凯末尔将军更高的理想?

只有在反动的罗马旧教的国家里才表现了最低的自杀统计，只有在猪猡一般过着泥泞生活的民族内这才只有被杀，而连自杀也不会!

在麻痹灰黑的社会内，有意义的自杀还不失为一道惊觉的电光，我是这样觉得。

一九二九，八月一日

冥屋

小时候在家乡，常常喜欢看东邻的纸扎店糊"阴屋"以及"船，桥，库"一类的东西。那纸扎店的老板戴了阔铜边的老化眼镜，一面工作一面和那些靠在他柜台前捧着水烟袋的闲人谈天说地，那态度是非常潇洒。他用他那熟练的手指头折一根篾，捞一朵浆糊或是裁一张纸，都是那样从容不迫，很有艺术家的风度。

两天或三天，他糊成一座"阴屋"。那不过三尺见方，两尺高。但是有正厅，有边厢，有楼，有庭园；庭园有花坛，有树木。一切都很精致，很完备。厅里的字画，他都请教了镇上的画师和书家。这实在算得一件"艺术品"了。手工业生产制度下的"艺术品"！

它的代价是一块几毛钱。

去年十月间，有一家亲戚的老太太"还寿经"。我去"拜揖"，盘桓了差不多一整天。我于是看见了大都市上海的纸扎店用了怎样的方法糊"阴屋"以及"船，桥，库"了！亲戚家所定的这些"冥器"，共值洋四百余元；"那是多么繁重的工作！"——我心里这么想。可是这么大的工程还得当天现做，当天现烧。并且离烧化前四小时，工程方才开始。女眷们惊讶那纸扎店怎么赶得及，然而事实上恰恰赶及那预定的烧化时间。纸扎店老板的精密估计很可以佩服。

我是看着这工程开始，看着它完成；用了和儿时同样的兴味看着。

这仍然是手工业，是手艺，毫不假用机械；可是那工程的进行，在组织上、方法上，都是道地的现代工业化！结果，这是商品；四百余元的代价！

工程就在做佛事的那个大寺的院子里开始。动员了大小十来个人，作战似的三小时的紧张！"船"是和我们镇上河里的船一样大，"桥"也和镇上的小桥差不多，"阴屋"简直是上海式的三楼三底，不过没有那么高。这样的大工程，从扎架到装潢，一气呵成，三小时的紧张！什么都是当场现做，除了"阴屋"里的纸糊家具和摆设。十来个人的总动员有精密的分工，紧张连续的动作，比起我在儿时所见那故乡的纸扎店老板捞一朵浆糊，谈一句闲天，那种悠游从容的态度来，当真有天壤之差！"艺术制作"的兴趣，当然没有了；这十几位上海式的"阴屋"工程师只是机械地制作着。一忽儿以后，所有这些船，桥，库，阴屋，都烧化了；而曾以三小时的作战精神制成了它们的"工程师"仍旧用了同样的作战的紧张帮忙着烧化。

和这些同时烧化的，据说还有半张冥土的房契；留下的半张要到将来那时候再烧。

时代的印痕也在这些封建的迷信的仪式上。

一九三二，一一，八

秋的公园

上海的秋的公园有它特殊的意义；它是都市式高速度恋爱的旧战场！

淡青色的天空。几抹白云，瓷砖似的发亮。洋梧桐凋叶了，草茵泛黄。夏季里恋爱速成科的都市摩登男女双双来此凭吊他们那恋爱的旧战场。秋光快老了，情人们的心田也染着这苍凉的秋光！他们仍然携手双双，然而已不过是凭吊旧战场罢了！

春是萌芽，夏是蓬勃，秋是结实；然而也就是衰落！感情意识上颓废没落的都市摩登男女跳不出这甜酸苦辣的天罗地网。

常试欲找出上海的公园在恋爱课堂以外的意义或价值来。不幸是屡次失败。公园是卖门票的，而衣衫不整齐的人们且被拒绝"买"票。短衫朋友即使持有长期游园券，也被拒绝进去。因为照章不能冒用。所以除了外国妇孺（他们是需要呼吸新鲜的空气的），中国人的游园长客便是摩登男女，公园是他们恋爱课堂之一（或者可以说是他们的户外恋爱课堂，他们还有许多户内恋爱课堂，例如电影院），正像大世界之类的游戏场是上海另一班男女的恋爱课堂。

一般的上海小市民似乎并不感到新鲜空气，绿草，树荫，鸟啼等等的自然界景物的需要。他们也有偶然去游公园的；这才是真正的"游园"；匆匆地到处兜一个圈子，动物园去看一下，呀，连老虎狮子都没有，扫兴！他们就匆匆地走了。每天午后可以看到的在草茵上款款散步，在树荫椅上绵绵絮语的长客，我敢说什九是恋爱中的俊侣，几乎没有例外。

春是萌芽，夏是蓬勃，秋是结实，也就是衰落的前奏曲；过了秋，公园中将少见那些俊侣的游踪了，渐渐地渐渐地没有了。

然则明年春草再发的时候，夏绿再浓的时候呢？

自然摩登男女双双的倩影又将平添公园的热闹，可已经不是（而且在某一意义上几乎完全不是）去年的人儿了。去年的人儿或者已经情变，或者已经生了孩子，公园对于他们失了意义了。经过了情变的男或女自然仍得来，可已不是"旧"的继续而是"新"的开始；他们的心情又已不同。很美满而生了孩子的，也许仍得来来，可已不是去年那个味儿了。

只有一年之秋的公园是上海摩登男女值得徘徊依恋的地方。他们中间的恋情也许有的已在低落，也许有的已到浓极而将老，可是他们携手双双这时间，确是他们生活之波的唯一的激荡。他们是百分之百的凭吊恋爱的旧战场！

这是都市式高速度恋爱必然的过程，为恋爱而恋爱者必然的过程；感伤主义诗人们的绝妙诗材！上海的摩登男女呀，祝福你们，珍重，珍重，珍重这刹那千金的秋光！感伤主义的诗人们呀！努力，努力，努力歌咏这感情之波动吧！

因为这样的诗材，将来就要没有，这样的风光不会久长！

一九三二，一一，八

在公园里

华氏表七十五度了！今春第一天这么热，却又是星期例假。公园进口处满是人，长蛇阵似的。

因为有胃病，某先生告诉我"要多跑路"，趁今天暖和，我也到公园里去赶热闹；那就实行"多跑路"吧，我在公园里尽兜圈子，尽在那些漂亮的游客阵中挤进挤出。

说是"挤"，一点也不夸张的。今天这公园变成"大世界"去了！

各式各样的人们，不同的年龄，不同的阶级层，不同的国籍，布满了这公园的最僻静的角落。真真实实的一个人种展览会呀！

我不知道游客中间有没有人也像我那样抱了疗病的目的而来这公园。他们不能从我的脸上看出我有胃病，而且神经衰弱。但是我兜了一个圈子，又一个圈子，我却从他们游客的身上看出一点来了；我从他们那不同的"游公园的方式"可以推想出他们的不同的教养和思想趣味来。

带了小孩子，也像我那样尽在那里跑（可不兜圈子），望着那些还没开花的花果树或花坛皱一下眉头，到池边去张一眼，"呀，没有鱼的！"终于踏遍了园里的每一条路，就望望然走了的，是我们的真正老牌国货的小市民：他们是来逛"外国花园"！他们也许是逛腻了"大世界"，所以今天把两角钱花到这"外国花园"来了。他们没有看见什么花，动物园里连老虎狮子都没有，他们带回去的，大概是一个失望。

我敢断言，这一类的游客是少数。

另一班游客可就"欧化"些了。他们一样的带了老婆和孩子，甚至还带着老妈子，小大姐，他们一进公园就抢椅子坐：于是小孩拍皮球，太太拿出绒线生活来，老爷蹀了几步，便又坐到椅子里头，靠在椅背上打呵欠，甚至于瞌睡。老爷光景是什么机关什么公司的办事员，他是受过教育的，太太从前光景是女学生，也是开通的；他们知道"公园"的可宝贵，他们也知道孩子们星期放假老在家里客堂内桌子底下捉迷藏太不成话，因此他们到公园来了。他们是"带孩子们逛公园"。公园本身和他们本身之间实在没有多大吸引的热力。他们对于公园的好感是通过了理智的。像他们一类的游客可也不很多。

最多的是摩登男女，大学生。他们既不像第一种人那样老是跑，跑，也不像第二种人那样坐定了不动，打呵欠，打瞌睡；

他们是慢慢地走一会儿，坐着一会儿，再走，再坐，再走。他们是一队一队的，简直可说没有单个儿。公园对于他们起的作用是感情的。

　　这三类游客之例外的例外，我自以为我算是一个。然而我还发现了另外四个。那是在一丛扁柏旁边，是过路。并不幽静，可是他们四位坐在草地上很自在地玩着纸牌。确是玩，不是赌，看他们那只装了热水瓶和食物的藤篮，就知道他们上午就来了这里，而且不到太阳落山是不会走的。

　　去年夏天酷热的时候，常见有些白俄在大树下铺下席子，摆满瓜果饼点，"逛"这么一个整天。但在这初春，那四位就不能不算是例外。

公墓

第一次观光了万国公墓，走过那美丽的墓道时，也许每人都不免心中一动：将来自家死后就埋在这里倒还不错吧！

人类是自私的动物。当其生时，恨不能尽天下以供一己，所谓要尝遍世上的快乐果子；及其死后，虽然明知朽骨无知，却也想占据湖山佳境的一角，等而下之，是想占据公墓的一角了。

真不懂得人类对于自己遗下的臭皮囊为什么如此宝爱！文明人是将它埋葬起来的，这宝爱很为显然；火葬虽然把尸骨化灰，可是像日本仍旧要取尸灰的一部分来宝藏，而且后来还是要葬这灰（日本的皇族不火化，是一种特权）；有些野蛮民族通行把死尸喂野狗，喂鸟，然而这也是一种葬；——好像世界上人类无论文野，把死尸当一只破鞋子似的扔了就算那样的事，简直是没有的！

冰心女士在一篇小说里曾经说过愿沉尸海底，以珊瑚为床，与鱼龙为伴。这好像是"超"于埋葬的范围之外。然而何尝不是替自己的身后着想，又何尝不是葬呀！好像无论谁，一想到死，就会联想到死后的何处埋骨；人类对于这地面的执著也真算得厉害极了呀！

从这尸骨的安排，于是又产生出多少"文化"米。埃及的法老因为宝爱他的遗体，兴出了金字塔的伟大建筑；不单是金字塔，埃及的一切文化几乎全同"死"有关系，从"死"出来。

伐尔加曾说中华民族几千年来财富的积蓄是长城，运河，祠堂，坟墓，寺庙；我想来我们几千年来费在死人身上的人力财力大概百倍千倍于长城、运河吧？从这一点看，就觉得现在的公墓到底是可以赞许的。

一九三二，一二，一二

健美

希腊神话里有一个关于欧罗巴命名由来的故事——

东方亚洲的泰耳（Tyre）国王有幼女名欧罗巴（Europa），为神的王宙斯所爱慕；宙斯化为白牛，乘欧罗巴与伴侣在海滩上游嬉的时候，窃负而去，直到了克里底（Crete）岛，宙斯乃复原形，而以欧罗巴为妻，并命名该岛附近之大陆为欧罗巴，即今之欧洲。后来欧罗巴的哥哥喀特摩斯（Cadmus）寻妹不得，飘海到了希腊，依了神的启示，建城自立为王：这城就名为底比斯（Thebes）。喀特摩斯又为始创希腊文字的人。

这个故事在神话上不过是解释"事物由来"的小小的故事。欧罗巴与牛的恋爱也不过是神话中许多"人兽性交"的残遗。在东方神话中，这一类"人兽性交"的故事屡屡有之。

但是曾在德国盛行过一时的表现派的剧作家凯撒（Kaiser）却将这段故事加了新的解释。他的剧本《欧罗巴》将神话中的"劫夺"改变为欧罗巴的"选择"。宙斯化身的"牛"是代表了刚健的肉体。欧罗巴在剧本里是被说成她厌倦了那些文绉绉跳舞的求婚者的人,而中意了那刚健的兽。她不要"灵",她要"肉"!

凯撒写这篇剧本乃所以讽刺司但方乔治（Stefan George）的唯美主义。同时又是表现派的"性道德"观念的宣示。表现主义者在当初以革命者自命。可是凯撒这"唯肉主义"的性道德观正和他在"Gas"这五幕剧里所表示的"社会革命"的观点同样的错误。在"性道德"方面,凯撒是"左到不知所云","左到"了布尔乔亚所追逐的肉感荒淫颓废,但在"社会革命"方面,凯撒又是一个改良主义者,一个空想家,一个社会法西斯蒂。

这就是表现主义所以为崩溃中的布尔乔亚的文艺!

然而《欧罗巴》一剧中也有表现派对于"美"的观点,这就是所谓"健美"!

多愁多病,弱不胜衣的女子,白面书生的男子,在"健美"的标准下,不用说是落伍者了。"健美"这口号,一般地说来,是不错的。但现在我们也常常听到"健美"的呼声。这意义就像某一位"学者"所说,封建社会的生活是静定的,所以男子对于女性美的要求是娇弱文雅贞静,资本主义社会的生活却是动的,冒险的,所以布尔乔亚的男子要求壮健活泼的女性美。我们这社会实在还不过是畸形的殖民地化的资本主义社会,可是壮健活泼的女性美已经如此其需要之殷。

于是我们就常常听得高呼：健美！

事实上所有一切促进肉感的颓废的影片也是"健美"的提倡者，我们在"健美"的幕后将看见仍是布尔乔亚所疯狂地追逐着的肉感的刺激，荒淫，颓废。

"健美"仍旧无补于女子的被侮辱的地位！真正意义的"健美"要在女子被解放而且和男子共同担负创造新生活那责任的时候！

一九三二，一二，一二

黄昏

海是深绿色的，说不上光滑；排了队的小浪开正步走，数不清有多少，喊着口令"一，二——一"似的，朝喇叭口的海塘来了。挤到沙滩边，澌啵！——队伍解散，喷着愤怒的白沫。然而后一排又赶着扑上来了。

三只五只的白鸥轻轻地掠过，翅膀扑着波浪——一点一点躁怒起来的波浪。

风在掌号。冲锋号！小波浪跳跃着，每一个像个大眼睛，闪射着金光。满海全是金眼睛，全在跳跃。海塘下空隆空隆地腾起了喊杀。

而这些海的跳跃着的金眼睛重重叠叠一排接一排，一排怒似一排，一排比一排浓溢着血色的赤，连到天边，成为绀金色的一抹。这上头，半轮火红的夕阳！

半边天烧红了，重甸甸地压在夕阳的光头上。

愤怒地挣扎的夕阳似乎在说：

——哦，哦！我已经尽了今天的历史的使命，我已经走完了今天的路程了！现在，现在，是我的休息时间到了，是我的死期到了！哦，哦！却也是我的新生期快开始了！明天，从海的那一头，我将威武地升起来，给你们光明，给你们温暖，给你们快乐！

呼……呼……

风带着永远不会死的太阳的宣言到全世界。高的喜马拉雅山的最高峰，汪洋的太平洋，阴郁的古老的小村落，银的白光冻凝了的都市——一切，一切，夕阳都喷上了一口血焰！

两点三点白鸥划破了渐变为赭色的天空。

风带着夕阳的宣言走了。

像忽然融化了似的，海的无数跳跃着的金眼睛摊平为暗绿的大面孔。

远处有悲壮的笳声。

夜的黑幕沉重地将落未落。

不知到什么地方去过一次的风，忽然又回来了，这回是打着鼓似的：勃仑仑，勃仑仑！不，不单是风，有雷！风夹着雷声！

海又动荡，波浪跳起来，轰！轰！

在夜的海上，大风雨来了！

沙滩上的脚迹

———

他，独自一个，在这黄昏的沙滩上行。

什么都看不分明了，仅可辨认的，是那白茫茫的知道是沙滩，那黑魆魆的是酝酿着暴风雨的海。

远处有一点光明，知道是灯塔。

他，用心火来照亮了路，可也不能远，只这么三二尺地面，他小心地走着，走着。

猛可地，天空瞥过了锯齿形的闪电。他看见不远的前面有黑簌簌的一团，呵呵，这是"夜的国"吗，还是妖魔的堡寨？

他又看见离身丈把路的沙上，是满满的纵横重叠的脚迹。

哈！哈，有了！赶快！他狂喜地跳着，想踏上那些该是过去人的脚迹。

他浑身一使劲，迸出个更大些的心火来。

他伛着腰，辨认那纵横重叠的脚迹，用他的微弱的心火的光焰。

咄！但是他吃惊地叫了起来。

这纵横重叠的，分明是禽兽的脚迹。大的，小的，新的，旧的，延展着，延展着，不知有几多远。而他孤零零站在这兽迹的大海中间。

他惘然站着，失却了本来的勇气；心头的火光更加微弱，黄苍苍的像一个毛月亮，更不能照他一步两步远。

于是抱着头，他坐在沙上。

他坐着，他想等到天亮；他相信：这纵横重叠的鸟兽的脚迹中，一定也有一些是人的脚迹，可以引上康庄大道，达到有光明温暖的人的处所的脚迹，只要耐守到天明，就可以辨认出来。

他耐心地等着，抱着头，连远处的灯塔也不望它一眼。他相信，在恐怖的黑夜中，耐心等候是不错的。然而，然而——

隆隆隆地，他听到了叫他汗毛直竖的怪响了。这不是雷鸣，也不是海啸，他猛一抬头，他看见无数青面獠牙的夜叉从海边的黑浪里涌出来，夜叉们一手是钢刀，一手是人的黑心炼成的金元宝，慌慌张张在找觅牺牲品。

他又看见跟在夜叉背后的，是妖娆的人鱼，披散了长发，高耸着一对浑圆的乳峰，坐在海滩的鹅卵石上，唱迷人的歌曲。

他闭了眼，心里这才想到等候也不是办法；他跳了起来，用最后的一分力，把心火再旺起来，打算找路走。可是——

那边黑簇簇的一团这时闪闪烁烁飞出几点光来。飞出的更多了！光点儿结成球了，结成线条了，终于青闪闪地排成了四个大字：光明之路！

呵！哦！他得救地喊了一声。

这当儿，天空又撒下了锯齿形的闪电。是锯齿形！直要把这昏黑的天锯成了两半。在电光下，他看得明明白白，那边是一些七分像人的鬼怪，手里都有一根长家伙，怕就是人身上的什么骨头，尖端吐出青绿的鬼火，是这鬼火排成了好看的字。

在电光下，他又分明看到地下重重叠叠的脚迹中确也有些人样的脚迹，有的已经被踏乱，有的却还清楚，像是新的。

他的心一跳，心好像放大了一倍，从心里射出来的光也明亮得多了；他看见地下的脚迹中间还有些虽则外形颇像人类但确是什么只穿着人的靴子的妖魔的足印，而且他又看见旁边有小小的孩子们的脚印。有些天真的孩子上过当！

然而他也在重重叠叠的兽迹和冒充人类的什么妖怪的足印下，发现了被埋藏的真的人的足迹。而这些脚迹向着同一的方向，愈去愈密。

他觉得愈加有把握了，等天亮再走的念头打消得精光，靠着心火的照明，在纵横杂乱的脚迹中他小心地辨认着真的人的足印，坚定地前进！

天窗

　　乡下的房子只有前面一排木板窗。暖和的晴天，木板窗扇扇开直，光线和空气都有了。

　　碰着大风大雨，或者北风呼呼地叫的冬天，木板窗只好关起来，屋子里就黑的地洞里似的。

　　于是乡下人在屋面开一个小方洞，装一块玻璃，叫做天窗。

　　夏天阵雨来了时，孩子们顶喜欢在雨里跑跳，仰着脸看闪电，然而大人们偏就不许，"到屋里来呀！"孩子们跟着木板窗的关闭也就被关在地洞似的屋里了；这时候，小小的天窗是唯一的慰藉。

　　从那小小的玻璃，你会看见雨脚在那里扑啦扑啦跳，你会看见带子似的闪电一瞥；你想象到这雨，这风，这雷，这电，怎样猛烈地扫荡了这世界，你想象它们的威力比你在露天真实感到的要大这么十倍百倍。小小的天窗会使你的想象锐利起来！

　　晚上，当你被逼着上床去"休息"

的时候，也许你还忘不了月光下的草地，河滩，你偷偷地从帐子里伸出头来，你仰起了脸，这时候，小小的天窗又是你唯一的慰藉！

你会从那小玻璃上面的一颗星，一朵云，想象到无数闪闪烁烁可爱的星，无数像山似的，马似的，巨人似的，奇幻的云彩；你会从那小玻璃上面掠过的一条黑影想象到这也许是灰色的蝙蝠，也许是会唱的夜莺，也许是恶霸似的猫头鹰——总之，美丽的神奇的夜的世界的一切，立刻会在你的想象中展开。

啊唷唷！这小小一方的空白是神奇的！它会使你看见了若不是有了它你就想不起来的宇宙的秘密；它会使你想到了若不是有了它你就永远不会联想到的种种事件！

发明这"天窗"的大人们，是应得感谢的。因为活泼会想的孩子们会知道怎样从"无"中看出"有"，从"虚"中看出"实"，比任凭他看到的更真切，更阔达，更复杂，更确实！

第
二
部

我的学化学的朋友

前年冬天，偶然碰到了阔别十年的老朋友 K。几句寒暄以后，K 就很感触似的说：

"这十年工夫，中国真变得快！"

"哦——"

我含糊应了一声，心里以为 K 这"中国真变得快"的议论大概是很用心看了几天报纸的结果。他那时新回中国。他在外国十年，从没看过中国报纸——不，应该说他从来不看报，无论中外。他是研习化学的，试验管和显微镜是他整个的生命，整个的世界！

K 看了我一眼，慢慢地吸着"白金龙"，又慢慢地喷出烟气来，然后慢慢地摇着头，申述他的感想——或者可说是印象：

"船到杨树浦，还不觉得什么异样；坐了接客小轮到铜人码头上岸，可就不同了！我出国的时候，这一带还没有七八层高的摩天楼。嗳，我是说那座'沙逊房子'，可不是从前还没有？——第二天，亲戚世交都来了帖子请吃饭；看看那些酒馆的店号，自然陌生，那马路的名字倒还面熟——×路，你记得的吧？民国九年，密司 W 逃婚逃到了上海，就住在 × 路的一个旅馆里，你和我都去看望过她。那时候，我们都是热腾腾的'五四青年'，密司 W 的逃婚我们是百分之百拥护的——这些事，现在想来，我自己总要笑，但 × 马路却永远不能忘记了，在外国十年，只有这条马路我记得明明白白！可是今回我就闹了一个笑话。车夫拉到了 × 马路，我还不知道；我看见车夫停下车来，我就板起面孔喊他：'怎么半路里停下来了？我是老上海，你不要乱敲竹杠！'……"

"哈哈哈哈！"

我忍不住大笑。

K 也微微一笑，但是立刻又皱了眉头，接下去——

"当真，上海许多马路变到不认识了！后来，我一天一天怕出门了。回国已半个月，今天还是第三次出门呢！"

"是不是怕像上次那样闹笑话？"

"不然！马路换了样是小事。我觉得上海的人全都换了样。尤其是上海的女人，当真我看不惯！"

听得这么说，我又笑了。那时候上海女人的时装是长旗袍外面套一件短大衣，细而长的假眉毛，和一头蓬松松的长头发。这和 K 出国那时所见密司 W 她们的装束显然不同。我自以为懂得 K 的心情了，他那时很看重密司 W，不妨说，有几分恋爱她；想来那时候的密司 W 的装束也在 K 的心上留下了不可磨灭的印象吧？因此他觉得眼前的时装女人都"看不惯"吧？可是看见 K 一脸严肃的劲道，我不好意思开玩笑，我只随便回答着：

"噢噢，那个——但是，K，你以为现在女人的时髦装束不好看吗？"

"嘿！哪里谈得到好看不好看呢！简直是怪！"

K 突然好像生气，大声叫了起来。于是，觉着我有点吃惊，他又放低了声浪，很悲哀似的接下去：

"老实告诉你，我觉得上海的女人简直是怪东西。说她们是外国人吧，她们可实在是中国人；说她们是中国人呢，哼！不像！我所记得的中国女人不是这样的！我不敢出来，就因为我看见了她们就感到不高兴，我好像到了陌生的地方，到了一个特别的国度！"

我睁大了眼睛，惊异到说不出话来。我想不到这位埋头在试验管和显微镜里的老朋友竟还有他个人的"哲学"。我看着 K 的脸，两道浓眉毛的紧皱纹表示了这位化学者的朴质的心正被化学以外的一些事苦恼着。我觉得应该多说几句话了，可是 K 又赶着先说道：

"譬如英国吧——假使你要说譬如德国或法国，都一样；

从前我并没有英国朋友，也没多见英国人，但是英国人，我能
够了解他们。我读过英国历史，读过英国人所作的一些小说，
读过关于英国民族性的书籍，所以我到了英国并不感到陌生，
我知道那些面生的人们的思想和性格——或者用我们从前一句
老话，人生观！现在上海可就不同了。上海这地方，就好像是
一个新国度，历史上从来没有的；上海的男男女女就好像是一
个新的人种，也是历史上从来没有的。从前我住在上海，并没
有过这样的感觉，这次久别重来，我就分明感到了！我回到了
故乡，可是我好像飘洋飘到了荒岛，什么都是异样的，我所不
能了解的！”

"一点也不错，上海就是一个新国度。这个新国度，就是
你出国后十年之内加速度造成的。你不看见租界和华界之间有
许多铁门吗？这就是‘上海国’的界线！”

"唉！”

我的朋友叹一口气，手撑住了下巴，不做声了。过了一会
儿，他自言自语地说：

"真糟糕！我是家在上海的。光景非在这个‘国度’里做
老百姓不可了，然而我是一个陌生人，这真糟糕！”

"但是，K，如果你住上半年，你就能够懂得上海人了。”

我的口气，一点不带玩笑，K似乎很感动。他望了我一眼，
性急地问道：

"有这一类的书吗？最好是有书。你知道我是研究化学的，有机物或无机物，我都能够分析化验，但是碰到活活的人，我的拿手戏法就不中用了！我只能从书本子上去了解他们。"

"书是没有的。不过有法子。你先去读读《洋泾浜章程》；研究研究租界里的'华人教育'从前是怎样的，现在是怎样的；你还应该去考察考察上海有多少教堂，多少传道所，你要去听听牧师的传道；你要统计一下，上海有许多电影院，开映的是什么影片；你还要留心读读上海出版的西字报和华字报：——这样下去半年，你自然会懂得上海人了。"

"太难，太难！"

K 苦闷地摇着头说。

"那么还有一个办法：你不要一头钻在试验管和显微镜里，你大着胆子到处去跑跑——上海女子的猩红的嘴唇不会咬你一口的；你混上半年，就很够了，不过到了那时候，你自己也成了上海人，也许你依然不懂得上海人是怎样一种'民族'，然而你一定不会感到陌生！"

我说着又忍不住哈哈笑了。我知道我的这位老朋友的脾气；第一条路他不肯走，第二条路他也不能走，他是一个"书毒头"（书呆子）！

K 似乎也明白我的笑声里的意义，他的左手摸着下巴，愕然睁大了眼睛，接着又摇了摇头，轻声说：

"大概乡下还是十年前的老样子吧？我应该说上海变得快，不是全中国，对不对？"

于是轮到我愕然睁大了眼睛了。我真料不到 K 还是十年前的老脾气，抵死不看报纸。我拍着这位老朋友的肩膀，很诚恳地说：

"不错，K，你到乡下去住一下是很有益的！因为你那时就会知道乡下有些地方，有些人，也是你陌生的！那时你就知道中国境内不但有'上海国'，还有许多别的国！"

说到这里，我的老婆走了进来，我就不管 K 怎样鼓起了眼睛发怔，一把拉他起来，要他"凑一个搭子"打四圈麻将再说。

「现代化」的话

朋友，假如你不厌烦嚣，喜欢出来走走的话，有几处地方你不可不看。

上海的"东头"，杨树浦那一带，你喜欢吗？想来你一定喜欢的！那边有许多纱厂——中国轻工业的要塞。没有熟人，你只好望那些巍峨的厂门而兴叹。想来你总可以找到一个熟人吧？那么，中国棉纱大王的领土就许你进去了。可是得先关照你：你要忍耐，因为有几分钟的不舒服。因为那边的空气里全是棉花的纤维，大一点像鹅毛样的飞絮有时竟会一片一片扑到你脸上身上，粘住了不肯去；是的，那边的空气浓厚些，你一下里会觉得闷，怪胀似的。但是不过几分钟罢了。你立刻会习惯。并且想来你一念及每天十二小时在那样空气中做工的，也和你一样是人，你自然会仰脸行一次深呼吸，一点也不觉得什么了。

你将被引进了弹松"花衣"的工场。许多黝黑晶亮，蹲着的巨人似的机器，伸长了粗胳膊——直径二尺的粗铁管——就同手携手似的组成了工作的一列；它们从下面的帘形滚板上（那你就说是"嘴"吧，为的那许多木条构成的滚板实在太像了牙齿），吞进了压得紧紧的"花衣"，于是通过了它们的肚子，消化——唷，该说是扯松吧，于是又通过了它们的胳膊，送到另一位"巨人"的肚子里；这也干的同样工作——扯松，但一定是高级的工作，因为后来就看见它的一个斗形嘴巴里吐出那些"花衣"来了，那已经松松的，一看就叫你感到软绵绵，而且颜色也同雪一样白。

这些扯松了的"花衣"像雪块似的落下来，落进一个地洞去了。朋友，也许你当真认是一个洞吧？然而不然。洞是洞，不过洞下又是黑铁管的粗胳膊，"花衣"从这胳膊又运到另一个"巨人"的肚子里了。你要看个究竟，你得走到下层的机器间。

说来也许你不肯相信：下层机器间里的"巨人"们就好像专同上层机器间里的伙伴"憋气"似的。好好儿弹得又松又白的"花衣"到它们肚子里不知道怎样一来，就从它们屁股里拉下，早又压得紧紧的，而且变成了一张毡似的，卷在一根铁棒上了。它们的扁屁股眼儿只管拉，拉，那铁棒只管卷，卷，到后来就像大筒的卷筒纸似的肥得很了，于是走来了一位工人，截断了那拉不完的"扁屎"，就那么连铁棒抱起来，搁到磅秤上过磅。

这时你的"熟人"也许会告诉你，这是"花衣"变成棉纱的第一步手续（严格说，就是第二步），以后就要将这些卷筒

纸样的棉毡拉成"棉条"了

专拉"棉条"的钢巨人可就没有粗胳膊。个儿也小些。它们不很吵闹，那卷筒形的棉毡装在上面，慢慢地展开来，就同卷筒纸在印刷机上相仿；可是这专拉"棉条"的钢巨人有一把大钢梳，把那棉毡一梳一梳的又弄碎了，弄碎了就经过它的肚子，消化做浓雾似的喷出来——朋友，请你想象我用的这个"雾"字；你用什么字好呢？实在可说是棉的瀑布，可是没有瀑布那样势头和厚实；那是稀薄的松松的，恰像雾——然后这"雾"又经过了或者被吸进了一个巧妙的部分，变做了手指那么粗的又白又嫩的"棉条"。这也是自动的拉出来，自动的装进了一个红漆的长圆铁桶。

以后，这些"棉条"尚须经过又一组的机器（那是小得多，看样子就觉得它们是前面所说的那班钢巨人的少爷），六根并一根，抽成了较细然而较结实的一种"棉条"。于是再经过了吵闹得很厉害的"小姐"式的一组机器，纺成了"粗纱"——这有普通麻绳那么粗。由粗纱再纺成细纱。担任这一工作的机器，是十足的摩登小姐式了，顶会吵闹。它们一列车有四百个锭子；这些小家伙本来声音不大，可是它们成千成万打伙儿闹起来，那声音就可怕；你对面谈话，喊破了喉咙也听不见。粗纱间和细纱间里要许多女工伺候着；她们是整天没得坐的。她们要"接纱头"，她们要把"罗拉"上的棉絮拭去，她们管理锭子。前面说过的钢巨人却只要很少的几个人伺候，而且大都是男工。

朋友，也许你早就在什么洋行的样子间大玻璃窗前看见过那些成排的静静地站着的纺车吧，这都是供给我们中国人来开发中国，建设中国的。并且如果你到纱厂里看过，走出厂门来松一口气的时候，也许就幻想到中国是已经走上了资本主义的路而且民族资本主义已经确立——至少像印度似的。

一句话来包括你的感想，朋友，你是相信中国是在着着地"现代化"！

不错呀！十年前的上海和现在很不相同的。现在上海是被大烟囱包围着。假使你从上海的"东头"转到"西头"，你就看见曹家渡一带也是纱厂林立，不过那是日本人的资本罢了。你再到南市，到闸北，到浦东，你到处看见大烟囱了。尤其是闸北，大大小小的丝厂和大大小小的各部门的工业，例如电料，洋伞，热水瓶，橡胶，搪瓷，几乎可说色色俱全，就像乡下的"露天茅坑"一样，到处可见。你进了南京路的国货商场，就觉得日用品都有"国产"的了。呵，呵，中国是在着着地"现代化"呵！

不错，中国在一步一步"现代化"，或是"工业化"，我也可以相信的；因为不但中国人自家开工厂，外国人也来开。拿纱厂来说吧，全中国共有纱厂一百二十八家，去年开工纱锭四百四十九万三千三百余枚，比前年增加了二十六万五千余枚；在这总数中，属于中国资本家的纱锭，计三百五十二万三千三百余枚，比前年增加了十四万一千七百多枚；属于日本资本家的，却也有一百七十八万七千余锭，比前年也增加了十万多枚。然而出品呢，去年中国纱厂对日商纱厂只成了一百四十二万七千包对八十万零五千包之比！再讲到原料呢，朋友，你的"熟人"自会告诉你，灵宝花衣怎样不行，只能用，因此他们是仰给于美棉的！新近成立的五千万美金大借款，据说就专购美国的棉麦，救济中国的纺织工业的。这也可见中国将更被"开发"，而且"利用"了外资！

但是朋友，咱们是不"谈"政治的，咱们仍旧讲讲"上海景致"吧。要是你觉得看了大烟囱还不够，我劝你上三马路，北京路，宁波路，还有外滩；那边是中国的金融枢纽。你踱进了中央，中国或是交通——这三家大银行，也许你会看到一件事觉得奇怪；那就是在一处的铜栏杆后面有些办事人老是拿着一叠小小的不过半寸阔寸把长的花纸片很快地数着数着。你一定惊赞他们手法的纯熟。而且你也许会看见（要是在月底）铜栏杆外挤攒着人手，又都是拿了那些小小的花纸片一束或者竟是一厚叠。朋友，这些小小的花纸片就是公债库券的息票或本息票，因为政府发行的公债库券已经有十一万万了。朋友，也许你因此会想到中国国民的储蓄能力毕竟不弱吧？那么，你最好再去观光一次上海的公债市场，在那边，每天成交在千万以上；满脸流汗的投机者，总在"百万翁"和"穷光蛋"这阶段中间滚。在那边，"做交易"的冲锋似的呐喊，"空头"的大胆，"多头"的魄力，操纵的奇妙，都叫乡下土财主瞪大了眼睛莫名其妙。内地的金钱逃到上海来了，而在现代式的操纵下，不知道有了多少乡下土财主压得粉碎，于是逃到上海来的金钱又这样"集中"在少数人的手里了。不用说，资金集中，"财阀"造成，也是中国的"现代化"的征象！

朋友，你喜欢乐一下吗？那就有现代化的各种娱乐随你去挑选。你要是爱细腰粉腿，就有跳舞场。或是你只要看看电影，好呀，大大小小的电影院都有！新开幕的大光明，据说是东亚第一的现代化。现代式的建筑，现代式的装潢；一百多尺的灯塔，远远地就领导你的路向；三个喷水泉喷射五色的花雨；最新科学发明的冷气和热气的装置，最新式的发音机，没有回声的软砖，二千个舒服的座位；而且开映的将是最近欧美现代生活的影片。

并且请你千万不要忘记大光明左近就有建筑中的二十二层的四行储蓄会大厦。这是上海建筑现代化的代表！

所以谁说中国没有进步，不是盲目，就是丧心病狂。

朋友，再说到内地农村吧。现在大家都嚷着农村经济破产。但是破产尽管破产，现代化仍是着着地在进行呀！这个，你不到农村去看，也可以知道。这几年来，公路成了不少，乡下人也有眼福看见汽车了；跟着交通的发达，向来闭塞，洋货和钞票不大进得去的地方也就流通无阻了；生活程度也慢慢跟着高了；生活程度高，又是"现代化"的显著征象。还有，跟着交通的发达，大都市里的时髦风气也很快地灌进内地去了；剪发，长旗袍，女大衣，廉价的人造丝织品，国产电影，一齐都来了。都市和乡镇现在正起了交流作用，乡镇的金钱流到都市，而都市的"现代"风气的装饰和娱乐流到乡镇。然而我的朋友，最好你到农村里住上几个月。那时你就知道农村之急速地现代化，竟出乎你的意料。譬如从前乡下人的劳力还可以在就地零碎出卖：大地主收了几百石的租米，需要很多短工来打白，现在则机器碾米厂到处有的是，工作又快，工钱又便宜，乡下人的劳力就没有人请教。从前戽水用人工，逢到大水年成，乡下人自己收成无望，也还可以出卖劳力给大地主，混他个把月的食粮，现在则"洋水车"把他们排除了。这些还都不算什么。最重要的，资本主义经营的大农场也在有些地方出现了！从前高利贷者的兼并土地还不过是"蚕食"，现在农村资本主义的手腕则是"鲸吞"了。从前乡下人就怕年成不好，现在则年成好了更恐慌，这加速了农村的土地集中，而土地集中就是最显著的农村"现代化"。

所以，朋友，我再说一句：谁以为中国没有"进步"，不是盲目，就是丧心病狂！

香市

"清明"过后，我们镇上照例有所谓"香市"，首尾大约半个月。

赶"香市"的群众，主要是农民。香市的地点，在社庙。从前农村还是"桃源"的时候，这"香市"就是农村的"狂欢节"。因为从"清明"到"谷雨"这二十天内，风暖日丽，正是"行乐"的时令，并且又是"蚕忙"的前夜，所以到"香市"来的农民一半是祈神赐福（蚕花廿四分），一半也是预酬蚕节的辛苦劳作。所谓"借佛游春"是也。

于是"香市"中主要的节目无非是"吃"和"玩"。临时的茶棚，戏法场，弄缸弄瓮，走绳索，三上吊的武技班，老虎，矮子，提线戏，髦儿戏，西洋镜，——将社庙前五六十亩地的大广场挤得满满的。庙里的主人公是百草梨膏糖，花纸，各式各样泥的纸的金属的玩具，灿如繁星的"烛山"，熏得眼睛流泪的檀香烟，木拜垫上成排的磕头者。庙里庙外，人声和锣鼓声，还有孩子们手里的小喇叭，哨子的声音，混合成一片骚音，三里路外也听得见。

我幼时所见的"香市"，就是这样热闹的。在这"香市"，中，我不但赏鉴了所谓"国技"，我还认识了老虎，豹，猴子，穿山甲。所以"香市"也是儿童们的狂欢节。

"革命"以后，据说为的要"破除迷信"，接连有两年不准举行"香市"。社庙的左屋被"公安分局"借去做了衙门，而庙前广场的一角也筑了篱笆，据说将造公园。社庙的左偏殿上又有什么"蚕种改良所"的招牌。

然而从去年起，这"迷信"的香市忽又准许举行了。于是我又得机会重温儿时的旧梦，我很高兴地同三位堂妹子（她们运气不好，出世以来没有见过像样的热闹的香市），赶那香市去。

天气虽然很好，"市面"却很不好。社庙前虽然比平日多了许多人，但那空气似乎很阴惨。居然有锣鼓的声音。可是那声音单调。庙前的乌龙潭一泓清水依然如昔，可是潭后那座戏台却坍塌了，屋橼子像瘦人的肋骨似的暴露在"光风化日"之下。一切都不像我儿时所见的香市了！

那么姑且到唯一的锣鼓响的地方去看一看吧。我以为这锣鼓响的是什么变把戏的，一定也是瘪三式的玩意了。然而出乎意料，这是"南洋武术班"，上海的《良友画报》六十二期揭载的"卧钉床"的大力士就是其中的一员。那不是无名的"江湖班"。然而他们只售票价十六枚铜元。

　　看客却也很少，不满二百（我进去的时候，大概只有五六十）。武术班的人们好像有点失望，但仍认真地表演了预告中的五六套：马戏，穿剑门，穿火门，走铅丝，大力士……他们说："今大第一回，人少，可是把式不敢马虎——"他们三条船上男女老小总共有到三十个！

　　在我看来，这所谓南洋武术班的几套把式比起从前"香市"里的打拳头卖膏药的玩意来，委实是好看得多了。要是放在十多年前，怕不是挤得满场没个空隙儿吗？但是今天第一天也只得二百来看客。往常"香市"的主角——农民，今天差不多看不见。

　　后来我知道，镇上的小商人是重兴这"香市"的主动者；他们想借此吸引游客振兴市面；可是他们也失望了！

乡村杂景

人到了乡下便像压紧的弹簧骤然放松了似的。

从矮小的窗洞望出去，天是好像大了许多，松喷喷的白云在深蓝色的天幕上轻轻飘着；大地伸展着无边的"夏绿"，好像更加平坦；远处有一簇树，矮矮地蹲在绿野中，却并不显得孤独；小河反射着太阳光，靠着那些树旁边弯弯地去了。有一座小石桥，桥下泊着一条"赤膊船"。

在乡下，人就觉得"大自然"像老朋友似的嘻开着笑嘴老在你门外徘徊——不，老实是"排闼直入"，蹲在你案头了。

住在都市的时候，到公园里去走走，你也可以看见蓝天，白云，绿树，你也会暂时觉得这天，这云，这树，比起三层楼窗洞里所见的天的一角，云的一抹，树的尖顶确实是更近于"自然"；那时候，你也会暂时感到"大自然"张开了两臂在拥抱你了。但不知怎地，总也时时会感得这都市公园内所见的"大自然"不过是"大自然"的一部分，而且好像是"人工的"——比方说，就像《红楼梦》大观园里的"稻香村"的田园风光是"人工的"一般。

生长在农村，但在都市里长大，并且在都市里饱尝了"人间味"，我自信我染着若干都市人的气质；我每每感到都市人的气质是一个弱点，总想摆脱，却怎地也摆脱不下；然而到了乡村住下，静思默念，我又觉得自己的血液里原来还保留着乡村的"泥土气息"

可以说有点爱乡村吧？

不错，有一点。并不是把乡村当做不动不变的"世外桃源"所以我爱。也不是因为都市"丑恶"。都市美和机械美我都赞美的。我爱的，是乡村的浓郁的"泥土气息"。不像都市那样歇斯底里，神经衰弱。乡村是沉着的、执拗的，起步虽慢可是坚定的——而这，我称之为"泥土气息"。

让我们再回到乡村的风景吧——

这里，绿油油的田野中间又有发亮的铁轨，从东方天边来，笔直的向西去，远得很，远得很；就好像是巨灵神在绿野里画的一条墨线。每天早晚两次，机关车拖着一长列的车厢，像爬虫似的在这里走过。说像爬虫，可一点也不过分冤枉了这家伙。你在大都市车站的月台上，听得"嗤"——的一声歇斯底里的口笛，立刻满月台的人像鬼迷了似的乱推乱撞，而于是，在隆隆的震响中，"这家伙"喘着大气冲来了，那时你觉得它是快得很，又莽撞得很，可不是？然而在辽阔的田野中，凭着短窗远远地看去，它就像爬虫，怪妩媚的爬着，爬着，直到天边看不见，混失在绿野中。

晚间，这家伙按着钟点经过时，在夏夜的薄光下，就像是一条身上有磷光的黑虫，爬得更慢了，你会代替它心焦。

还有那天空的"铁鸟"，一天也有一次飞过。像一个尖嘴姑娘似的，还没见她的身影儿就听得她那吵闹的骚音，飞得不很高，翅膀和尾巴看去都分明。它来的时候总在上午，乡下人的平屋顶刚刚袅起了白色的炊烟。戴着大箬笠穿了铁甲似的"蒲包衣"（乡下人夏天落田，都穿这特别的蒲包衣，犹之雨天穿蓑衣或棕衣），在田里工作的乡下人偶然也翘头望一会儿，一点表情都没有。他们当然不会领受那"铁鸟"的好处，而且他们现在也还没吃这"铁鸟"的亏。他们对于它淡漠得很，正像他们对于那"爬虫"。

他们憎恨的，倒是那小河里的实在可怜相的小火轮。这应该说是一"伙"了。因为有烧煤的小火轮，也有柴油轮——乡下人叫做"洋油轮船"，每天经过这小河，相隔二三小时就听得那小石桥边有吱吱的汽管叫声。这小火轮的一家门，放在大都市的码头上，谁也看它们不起。可是在乡下，它们就是恶霸。它们轧轧地经过那条小河的时候总要卷起两道浪头，泼辣辣地冲打那两岸的泥土。这所谓"浪头"，自然么小可怜，不过半尺许高而已，可是它们一天几次冲打那泥岸，已经够使岸那边的稻田感受威胁。大水的年头儿，河水快与岸平，小火轮一过，河水就会灌进田里。就在这一点，乡下人和小火轮及其堂兄弟柴油轮成了对头。

小石桥迤西的河道更加窄些，轮船到石桥口就要叫一声，仿佛官府喝道似的。而且你站在那石桥上就会看见小轮屁股后那两道白浪泛到齐岸半寸。要是那小轮是烧煤，那它沿路还要撒下许多黑屎，把河床一点一点填高淤塞，逢到大水大旱年成就要了这一带的乡下人的命。乡下人憎恨小火轮不是盲目的没有理由的。

沿着铁轨来的"爬虫"怎样像蚊子的尖针似的嘴巴吮吸了农村的血，乡下人是理解不到的；天空的"铁鸟"目前和乡村是无害亦无利；剩下来，只有小火轮一家门直接害了乡下人，就好比横行乡里的土豪劣绅。他们也知道对付那水里的"土劣"的方法是开浚河道，但开河要抽捐，纳捐是老百姓的本分，河的开不开却是官府的事。

刚才我不是说小石桥西首的河身特别窄吗？在内地，往往隔开一个山头或是一条河就另是一个世界。这里的河身那么一窄，情形也就不同了。那边出产着"土强盗"。这也是非常可怜相的"土强盗"，没有枪，只有锄头和菜刀。可是他们却有一个"军师"。这"军师"又不是活人，而是一尊小小的泥菩萨。

这些"土强盗"不过十来人一帮。他们每逢要"开市"，大家就围住了这位泥菩萨军师磕头膜拜，嘴里念着他们的"经"，有时还敲"法器"，跟和尚的"法器"一样。末了，"土强盗"伙里的一位——他是那泥菩萨军师的"代言人"，就宣言"今晚上到东南方有利"，于是大家就到东南方。"代言人"负了那泥菩萨到一家乡下人的门前，说"是了"，他的同伴们就动手。这份被光顾的人家照例是什么值钱的东西也不会有的，"土强盗"自然也知道；他们的目的是绑票。住在都市里的人一听说"绑票"就会想到那是一辆汽车，车里跳下四五人，都有手枪，疾风似的攫住了目的物就闪电似的走了。可是我们这里所讲的乡下"土"绑票却完全不同。他们从容得很。他们还有"仪式"。他们一进了"泥菩萨军师"所指定的人家，那位负着泥菩萨的"代言人"就站在门角里，脸对着墙，立刻把菩萨解下来供在墙角，一面念佛，一面拜，不敢有半分钟的停顿。直到同伴们已经绑得了人，然后他再把泥菩萨负在背上，仍然一路念佛跟着回去。

第二天，假使被绑的人家筹得了两块钱，就可以把肉票赎回。

据说这一宗派的"土"绑匪发源于温台，可是现在似乎到处全有了。而他们也有他们的"哲学"。他们说，偷一条牛还不如绑一个人便当。牛使牛性的时候，怎地鞭打也不肯走，人却不会那么顽强抵抗。

　　真是多么可怜相，然而妩媚的绑匪呵？

陌生人

　　火车不通轮船不到的乡村近来也闯进了"陌生人"了。他们和火车轮船是本家。他们中间最有势力的，是兄弟俩。

　　我们先说"陌生人"中间的老大。

　　镇上有一座土地庙。如果父老的传说可信，则"该"庙的"大老爷"原是明末清初的一位忠臣，三四百年来，享受此方人民的香火。不用说，他应该保佑这一方的老百姓了。乡下人迷信这位土地老爷特别关心蚕桑，所以每年清明节后"嬉春祈蚕"的所谓"香市"一定举行在这土地庙。

　　杭州岳坟前跪着秦桧和王氏的铁像。上杭州去烧香的乡下人一定要到"岳老爷坟上"去一趟，却并不为瞻仰忠魂而为的要摸跪在那里的王氏的铁奶；据说由此一摸，蚕花能够茂盛。但是我们这里所说的土地老爷虽则也是忠臣却没有冤家的"铁奶"供乡下人摩摸，反而是乡下女人自己的肉奶在神座前被男性的手摸了一把就可以蚕花好。因此大奶奶的乡下女人一定要在土地老爷的神座前挤一下。

这也是百年相承的习俗。即使被摸以后依然蚕花不熟,从不会怪到奶,更不会怪到土地老爷。总之,祈蚕必须在这土地庙。

可是近来,"陌生人"……闯进了这土地庙而且和土地老爷抢生意了。庙门前挂了一块招牌:蚕种改良分所。

庙里的一间大厅被派作"改良种"的养育场。墙上糊了白纸,雕刻着全部"三国演义"的长窗上半截都换了玻璃,几个学生模样的青年男女在那里忙着。所谓村长也者,散着传单,告诉乡下人道:"官府卖蚕种了,是洋种!要蚕好,去买洋种吧!"乡下人自然不去理睬这个"陌生人"。但是后来卖茧子,听说洋种茧一担要贵上十多块,乡下人心里不能不动了。于是就有几个猴子脾气的乡下人从土地老爷驾下转变到"陌生人"手里了。他们是冒险的。因为购洋种,须得隔年先交钱,须得"存记",而且到来年"收蚁"时,要由"改良分所"的学生模样的年青女人决定日子,甚至收了蚁再交给乡下人,这可糟糕!"陌生人"太不管千百年相传的老规矩了!而且洋种也不一定好。乡下人觉得还是土地老爷可靠。于是"改良分所"也不得不迁就些,只管卖种,不再包养"儿子"了。既不"包养儿子",下种的时候自然免不了撒烂污。但是这"陌生人"的势力却一天一天强大;因为它有靠山:一是茧厂规定洋种茧价比土种贵上三四成,二是它有保护,下了一记"杀手锏",取缔土种。

　　"陌生人"老二就是鼎鼎大名的肥田粉。他和他的老兄不同。他是笑嘻嘻"一团和气"踏进了农村。记不清是哪一年，这盐样的肥田粉被一些买不起豆饼的乡下人冒险试用。这时肥田粉的价钱便宜得很。然而"力道"可不差！粉撒下去，两三天后，失了营养的稻就会挺健生青。于是乎这位"陌生人"老二就很容易地取得了守旧的农民的信用。特别因为它比豆饼的价钱便宜一半多。

　　第二年，豆饼的营养地盘缩小了一半，而肥田粉的价钱比上年更便宜；因为市场上有两种牌子的肥田粉跌价竞争。乡下人朝天松一口气："到底老天爷有眼睛，可怜乡下人！"

　　又过了一年，没有商人再敢贩卖豆饼，可是肥田粉却像潮水一般涌到，每家小商店都代卖肥田粉。甚至卖糖食的三麻子也用栲栳盛着那盐一样的宝贝粉摆在店门前，说是一百二百文零买也行。一条街上也许有几家铺子不卖香烟，可没有一家不卖肥田粉。这也怪不得：第一，"经售"肥田粉无须大资本（这和豆饼就不同）；第二，肥田粉的牌子更加多了，大家跌价倾销，小商人有利可图。结果，肥田粉就打倒了豆饼。

　　但是肥田粉这一家门虽同姓同名，脾气可不相同。最初来的那一支跟土性合得来，它就立了功。现在大家一哄而来，乡下人以为只要是光头就一定会念经，而小商人只要推销得动，大家乱来一顿，结果是稻遭了厄运。

　　怎么办呢？肥田粉到底不行！再买豆饼吧，豆饼商只剩一家了，高抬货价，乡下人问也不敢问。于是老法子，专靠人粪。第二年，小商人也不敢代卖肥田粉了，豆饼价钱依然贵得怕煞人，不过最初来的那号肥田粉还有人"经售"，并且大吹"本粉真正老牌，肥力充足"；而且价钱究竟比豆饼便宜（虽然粉已经涨价），乡下人只好大着胆子再用。这一来，"陌生人"老二当真在乡村里生了根。这根愈长愈大，深入到农村，肥田粉的价钱也就愈来愈高。农村的金钱又从这一个裂口流入了都市，流到了外洋。

　　现在大家都说要促进农村的生产力量。这话如果当真有可能，我们这里所介绍的"陌生人"兄弟俩就要做主角。并且事实上他们俩已经登上了农村的舞台，霸占在那里了。他们也许本来生得不坏，而且我们科学地信仰他们是好相识；但是目前成效如何，读者也许看了本文还不大明白，那就请到乡下去住上半年八个月吧！

谈迷信之类

辛亥革命的"前夜"，乡村里读"洋书"的青年人有被人侧目的"奇形怪状"凡三项：一是辫发截短了一半，末梢蓬松，颇像现在有些小姑娘的辫梢，而辫顶又留得极小，只有手掌似的一块，四围便是极长的"刘海"；二是白竹布长衫，很短，衣袖腰身都很窄小，裤脚管散着；三呢，便是走路直腿，蒲达蒲达地像"兵操"，而且要是两三个人同走，就肩挨肩的成为一排。

当时这些年青人在乡间就成为"特殊阶级"。而他们确也有许多特殊的行动。最普通的便是结伴到庙里去同和尚道士辩难，坐在菩萨面前的供桌上，或者用粉笔在菩萨脸上抹几下。碰到迎神赛会，他们更是大忙而特忙；他们往往挤在菩萨轿子边说些不尴不尬的话，乘人家一个眼错，就把菩萨头上的帽子摘了下来，藏在菩萨脚边，或者把菩萨的帽子换了个方向，他们则站在一旁拍掌大笑。

当时的青年"洋"学生好像不自觉

地在干着"反宗教运动"；他们并没有什么组织，什么计划，他们的行动也很幼稚可笑，然而他们的"朝气"叫人永远不能忘却。他们对于宗教的认识，自然很不够，可是他们的反对"迷信"，却出自一片热忱，一股勇气，所以乡下的迷信老头子也只好摇着头说："这些天不怕地不怕的小伙子，菩萨也要让他们几分了！"

去年我到乡下去养病，偶然也观光了"青天白日"下的"新政"，看见一座大庙的照墙上赫然写着油漆的标语："省政府十戒"。其中第一条就是戒迷信！庙前的戏台上原来有一块"以古为鉴"的横额，现在也贴上了四块方纸，大书着"天下为公"，两边的木刻对联自然也改穿新装，一边是"革命尚未成功"，一边当然是"同志仍须努力"了。这种面目一新的派头，在辛亥革命时代是没有的，于是我微笑，我感到"时代"是毕竟不同了！

然而后来我又发现庙里新添的许多善男信女恭献的匾额中有一方写着"信士某某率子某某"者，原来就是二十五年前"菩萨也要让着几分"的"洋"学生。他现在皈依在神座下了！并且他"率子某某"皈依了！并且我也看不见二十五年前蒲达蒲达地直了腿走路的年青人在乡间和菩萨捣乱了！从前那个"洋学堂"只有几十个学生，现在是几百了，可是他们都没有什么"奇形怪状"。他们大都是中产阶级的子弟，也和二十五年前的一样。不过他们和二十五年前的"前辈先生"显然有点不同，就在他们所唱的歌曲上也可以看出来了；从前是"男儿志气高，年纪不妨小"，而现在却是"毛毛雨"了！于是我又微笑，我不很明白这到底也是不是"时代"，不同了吗？

从前和菩萨捣乱的青年人读《古文观止》，做"秦始皇汉武帝合论"，知道地是圆的球形，知道"中国"实在并不居天下之中，知道富强之道在于船坚炮利——如此而已。他们的头脑实在远不及现在的年青人，然而他们和当时社会乃至家庭的"思想冲突"却又远过于现在的年青人。近年来中国是"进步"了，簇新的标语，应时应节的宣传纲领——例如什么纪念日的什么"国货运动周"，"航空救国周"，"拒毒运动周"等等，都轮流贴满了乡村里小茶馆的泥墙。正所谓"力图建设"，和二十五年前的空气相差十万八千里。这在认识不足的年青人看来，当然觉得自己和社会之间没有什么了不起的不调和。而况他们的家庭既不禁止他们进学校，也不禁止他们自由结婚。

并且即使有些不顺眼的事情也都以堂皇的名义来公开实行，即如小小的迎神赛会亦何尝不在迷信之外另找一个冠冕堂皇的名目——振兴市面。

今年大都市里天天嚷着"农村破产"，"救济农村"。于是"振兴农村"的棉麦借款就应运而生。乡村间也要"振兴市面"的，恰好今夏少雨，于是祈雨的迎神赛会也应运而生。一个乡镇的四条街各自举行了一次数十年来未有的大规模的迎神赛会。一位"会首"说:"我们不是迷信,借此振兴市面而已!"这句话自然开通之至。因而假使有些"读洋书"的年青人夹在中间帮忙,也就"合理"得很。

迎神赛会总共闹了一个月光景。而且一次比一次"更见精彩"。听说也花了万把块呢。然而茶馆酒店的"市面"却也振兴了些。有人估计,赛会的一个月中,邻近乡镇来看热闹的人,总共也有万把人;每人花费二元,就有二万元,也就是"市面"上多做了二万元的生意。这在市面清淡的现今,真所谓不无小补。

有一位"躬与其盛"的先生对我说:"最热闹的一夜,四条街都挤满了人,约有十万的看客。轮船局临时添了夜班,航船和快班船也添了夜班,甚至有一夜两班的。有几个邻镇向来没有轮船交通,此时也都开了临时特班轮。"

所以把一切费用都算起来,在赛会的一个月间,市面上至少多做了十万元的生意。这点数目很可使各业暂时有起色,然而对于米价的低落还是没有关系。结果,赛会是赛过了,雨也下过了,农民的收成据说不会比去年坏,不过明年的米价也许比今年还要贱些呢……

冬天

诗人们对于四季的感想大概颇不同吗。一般的说来，则为"游春"，"消夏"，"悲秋"——冬呢，我可想不出适当的字眼来了，总之，诗人们对于"冬"好像不大怀好感，于"秋"则已"悲"了，更何况"秋"后的"冬"！

所以诗人在冬夜，只合围炉话旧，这就有点近于"蛰伏"了。幸而冬天有雪，给诗人们添了诗料。甚而至于踏雪寻梅，此时的诗人俨然又是活动家。不过梅花开放的时候，其实"冬"已过完，早又是"春"了。

我不是诗人，对于一年四季无所偏憎。但寒暑数十易而后，我也渐渐辨出了四季的味道。我就觉得冬天的味儿好像特别耐咀嚼。

因为冬天曾经在三个不同的时期给我三种不同的印象。

十一二岁的时候，我觉得冬天是又好又不好。大人们定要我穿了许多衣服，弄得我动作迟笨，这是我不满意冬天的地方。然而野外的茅草都已枯黄，正好"放野火"，我又得感谢"冬"了。

在都市里生长的孩子是可怜的，他们只看见灰色的马路，从没见过整片的一望无际的大草地。他们即使到公园里看见了比较广大的草地，然而那是细曲得像狗毛一样的草皮，枯黄了时更加难看，不用说，他们万万想不到这是可以放起火来烧的。在乡下，可不同了。照例到了冬天，野外全是灰黄色的枯草，又长又密，脚踏下去簌簌地响，有时没到你的腿弯上。是这样的草——大草地，就可以放火烧。我们都脱了长衣，划一根火柴，那满地的枯草就毕剥毕剥烧起来了。狂风着地卷去，那些草就像发狂似的腾腾地叫着，夹着白烟一片红火焰就像一个大舌头似的会一下子把大片的枯草舐光。有时我们站在上风头，那就跟着火头跑；有时故意站在下风，看着烈焰像潮水样涌过来，涌过来，于是我们大声笑着嚷着在火焰中间跳，一转眼，那火焰的波浪已经上前去了，于是我们就又追上去送它。这些草地中，往往有浮厝的棺木或者骨殖甏，火势逼近了那棺木时，我们的最紧张的时期就来了。我们就来一个"包抄"，扑到火线里一阵滚，收熄了我们放的火。这时候我们便感到了克服敌人那样的快乐。

二十以后成了"都市人"，这"放野火"的趣味不能再有了，然而穿衣服的多少也不再受人干涉了，这时我对于冬，理应无憎亦无爱了吧，可是冬天却开始给我一点好印象。二十几岁的我是只要睡眠四个钟头就够了的，我照例五点钟一定醒了；这时候被窝是暖烘烘的，人是神清气爽的，而又大家都在黑甜乡，静得很，没有声音来打扰我，这时候，躲在那里让思想像野马一般飞跑，爱到哪里就到哪里，想够了时，顶天亮起身，我仿佛已经背着人不声不响自由自在，做完了一件事，也感到一种愉快。那时候，我把"冬"和春夏秋比较起来，觉得"冬"是不干涉人的，她不像春天那样逼人困倦，也不像夏天那样使得我上床的时候弄堂里还有人高唱《孟姜女》，而在我起身以前却又是满弄堂的洗马桶的声音，直没有片刻的安静。而也不同于秋天。秋天是苍蝇蚊虫的世界，而也是疟病光顾我的季节呵！

然而对于"冬"有恶感，则始于最近。拥着热被窝让思想跑野马那样的事，已经不高兴再做了，而又没有草地给我去"放野火"。何况近年来的冬天似乎一年比一年冷，我不得不自愿多穿点衣服，并且把窗门关紧。

不过我也理智地较为认识了"冬"。我知道"冬"毕竟是"冬"，摧残了许多嫩芽，在地面上造成恐怖；我又知道"冬"只不过是"冬"，北风和霜雪虽然凶猛，终不能永远的不过去。相反的，冬天的寒冷愈甚，就是冬的运命快要告终，"春"已在叩门。

"春"要来到的时候，一定先有"冬"。冷吧，更加冷吧，你这吓人的冬！

上海大年夜

在上海混了十多年，总没见识过阴历大年夜的上海风光。什么缘故，我自己也想不起来了；大概不外乎"天下雨"，"人懒"，"事忙"，这三桩。

去年——民国二十二年，岁在癸酉，公历一千九百三十三年，恰逢到我"有闲"而又"天好"，而又是小病了一星期后想走动，于是在"大年夜"的前三天就时常说"今年一定要出去看看了"。

天气是上好的。自从十八日（当然是废历）夜里落过几点雨，一直就晴了下来。是所谓"废历"的十八日，我担保不会弄错。因为就在这一天，我到一个亲戚家里去"吃年夜饭"。这天很暖和，我料不到亲戚家里还开着"水汀"，毫无准备的就去了，结果是脱下皮袍尚且满头大汗。当时有一位乡亲对我说："天气太暖和了，冬行春令——春令！总得下一场腊雪才好！"

似乎天从人愿，第二天当真冷了些。可是这以后，每天一个好太阳把这"上海市"晒得一天暖似一天；到废历的"大年夜"的"前夕"简直是"上坟时节"的气候了。

而这几天里，公债库券的市价也在天天涨上去，正和寒暑表的水银柱一般。

"大年夜"那天的上午，听得生意场中一个朋友说："南京路的商店，至少有四五十家过不了年关，单是房租，就欠了半年多，房东方面要求巡捕房发封，还没解决。"

"这就是报纸上常见的所谓'市面衰落'那一句话的实例吗？"我心里这样想。然而翻开"停刊期内"各报的"号外"来看，只有满幅的电影院大广告搜尽了所有的夸大，刺激，诱惑的字眼在那里斗法。

从前见过的店铺倒闭景象也在我眼前闪了一闪。肩挨着肩的商店的行列中忽然有一家紧闭着栅门，就像那多眼的大街上瞎了一只眼；小红纸写着八个字的，是"清理账目，暂停营业"；密密麻麻横七竖八贴满了的，是客户的"飞票"；而最最触目的是地方官厅的封条—— 一个很大的横十字。

难道繁华的南京路上就将出现四五十只这么怪相的瞎眼？于是我更加觉得应该去看看"大年夜"的上海。

晚上九点钟，我们一行五个人出发了。天气可真是"理想的"。虽然天快黑的时候落过几点牛毛雨，此时可就连风也没有，不怕冷的人简直可以穿夹。

刚刚走出弄堂门，三四辆人力车就包围了来，每个车夫都像老主顾似的把车杠一放，拍了拍车上坐垫，乱嚷着"这里来呀！"我们倒犹豫起来了。我们本来不打算坐人力车。可是人力车的后备队又早闻声来了，又是三四辆飞到了我们跟前。而且似乎每一个暗角里都有人力车埋伏着，都在急急出动了。人力车的圆阵老老实实将我们一行五个包围了！

"先坐了黄包车，穿过××街，到××路口再坐电车，怎样？"

我向同伴们提议了。

"××路吗？一只八开！"车夫之一说。

"两百钱！"我们一面说，一面准备"突围"。

"一只八开！年三十，马马虎虎吧。"

这是所谓"情商"的口吻了。而且双方的距离不过三四个铜子。于是在双方的"马马虎虎"的声音中，坐的坐上，拉的也就开步。

拉我的那个车夫例外地不是江北口音。他一面跑，一面说道：

"年景不好……往年的大年夜，你要雇车也雇不到。……哪里会像今年那样转弯角上总有几部空车子等生意呢。"

说着就到了个转角，我留神细看，果然有几辆空车子，车夫们都伸长了"觅食"的颈脖。

"往年年底一天做多少生意？"我大声问了。其实我很不必大声。因为这条××街的进口冷静静的并没为的是"大年夜"而特别热闹。

"哦——打仗的上一年吗？随便拉拉，也有个块把钱进账……"

"那么，今年呢？"

"运气好，还有块把钱；不好，五六毛。……五六毛钱，派什么用场？……你看，年底了，洋价倒涨到二千八百呀！"

"哦——"我应了这么一声，眼看着路旁的一家烟兑店，心里却想起邻舍的×太太来了。这位太太万事都精明，一个月前，洋价二千七的时候，她就兑进了大批的铜子，因为经验告诉她，每逢年底，洋价一定要缩；可是今年她这小小的"投机事业"失败了，今天早上我还听到她在那里骂烟兑店"混账"。

"年景不好！"拉我的车夫又叹气似的说，"一天拉五六毛，净剩下来一双空手，过年东西只好一点也不买。……不像是过年了！"`

××路已经在前面了。我们一行五人的当先第一辆车子已经停下来了。我付钱的时候，留神看了看拉我那车夫一眼。他是二十多岁精壮的小伙子，并不是那些拉不动的"老枪"，然而他在这年底一天也只拉得五六毛钱吗？

站在××路口，我又回望那短短的××街。一家剃头店似乎生意还好。我立刻想到我已经有二十多天没曾理发。可是我的眼光随即被剃头店间壁的南货店吸住了。天哪，"大年夜"南货店不出生意，真怪！然而也不足怪。像这样小小的南货店，自然只能伺候中下级社会的主顾，可是刚才拉我的车夫不是说"过年东西只好一点也不买"吗？

"总而言之，××街里没有大年夜。"

坐在电车里，我这样想。同时我又盼望"大年夜"是在南京路、福州路一带。

十字路口，电车停住了。交通灯的红光射在我们脸上。这里不是站头，然而电车例外的停得很长久。

"一部汽车，两部汽车……电车，三部汽车，四部，五部……"

我身边的两个孩子，脸贴在车窗玻璃上，这样数着横在前面的马路上经过的车辆。

我也转脸望着窗外，然而交通灯光转了绿色，我们坐的电车动了。映！映！从我们的电车身边有一辆汽车"突进"了，接着又是一辆，接着是一串，威风凛凛地追逐前进，我们的电车落后了。我凝眸远眺。前面半空中是三公司大厦高塔上的霓虹电光，是戳破了黑暗天空的三个尖角，而那长蛇形的汽车阵，正向那尖角里钻。然而这样的景象只保留了一刹那。三公司大厦渐曳渐近了。血管一样的霓虹电管把那庞大建筑的轮廓描画出来了。

"你数清吗？几部？"

孩子的声音在我耳边响了起来。这不是问我，然而我转眼看着这两个争论中的孩子了。忽然有一条原则被我发现了：今夜所见坐车的人好像只有两个阶级，不是挤在电车或公共汽车里，就是舒舒服服坐了黑牌或白牌的汽车，很少人力车！也许不独今夜如此吧？在"车"字门中，这个中间的小布尔乔亚气味的人力车的命运大概是向着没落的吧？

我们在南京路浙江路下了电车。

于是在"水门汀"上，红色的自来水龙头旁边，我们开了小小的会议。

"到哪里去好？四马路怎样？"

这是两位太太的提议。她们要到四马路的目的是看野鸡；因为好像听到一位老上海说过，"大年夜"里，妓女们都装扮了陈列在马路口。至于四马路之必有野鸡，而且其数很多，却是太太们从小在乡下听熟了的。

可是两个孩子却坚持要去看电影。

这当儿，我的一票可以决定局势。我主张先看电影后看野鸡。因为电影院"大年夜"最后一次的开映是十一点钟。看过了电影大概四马路之类还有野鸡。

于是我们就走贵州路，打算到新光大戏院去。

　　我不能不说所谓"大年夜"者也许就在这条短短的狭狭的贵州路上；而且以后觉得确是在这里。人是拥挤的，有戴了鸭舌头帽子的男人，更有许多穿着绯色的廉价人造丝织品的年青女子；也有汽车开过，慢慢地爬似的，睐睐地好像哀求。两个孩子拖着我快跑（恐怕赶不上影戏），可是两位太太只在后边叫"慢走"。原来她们发现了这条路上走的或是站着的浓妆年青女子就是野鸡。

　　也许是的。因为鸭舌头帽子的男人掷了许多的"掼炮"，啪啪啪地都在那些浓妆的青年女子的脚边响出来，而她们并不生气。不但不生气，还是欢迎的。"愈响愈发"是她们的迷信。

　　我们终于到了新光大戏院的门口。上一场还没散，戏院门里门外挤满了人。

　　而且这些人大都手里有票子。

　　两位太太站在马路旁边望着那戏院门口皱眉头。就是那勇敢的男孩子（他在学校里"打强盗山"是出名勇敢的），也把疑问的眼光看着我的面孔。

　　"就近还有几家影戏院，也许不很挤。"

　　我这样说着，征求伙伴们的同意。

　　但是假使片子不好呢？大些的孩子，一个很像大人的女孩子，眼光里有了这样的迟疑。"不管它！反正我们是来凑热闹的。借电影院坐坐，混到一点多钟，好到泥城桥一带去看兜喜神方的时髦女人。"

又是我的意见。然而两个孩子大大反对。不过这一回，他们是少数了，而且他们又怕多延挨了时间，"两头勿着实"，于是只好跟着我走。

到了北京大戏院。照样密密的人层。而且似乎比新光大戏院的现象更加汹汹然可畏。转到那新开幕的金城。隔着马路一望，我们中间那位男孩子先叫起"好了"来了。走到戏院门口，我们都忍不住一股的高兴。这戏院还是"平时状态"。但是，一问，可糟了！原来这金城大戏院没有"大年夜"的，夜戏就只九点半那一场，此时已经闭幕。

看表上是十一点差十分。

"到哪里去好呢？"——大家脸上又是这个问号了。也许新光今夜最后一场是十一点半开映吧？那么，还赶得及。新光近！

真不知道那时候为什么定要看影戏。孩子们是当真要看的，而我们三个大人呢，还是想借此混过一两个钟点，预备看看"大年夜"的上海后半夜的风光而已。

然而又到了新光了。十一点整，前场还没散，门里门外依然挤满了人，也许多了些。这次我们是奋勇进攻了。五个人是一个长蛇阵。好容易挤了进去，望得见卖票处了，忽然又有些绅士太太们却往外边挤；一面喊道："票子卖完了。卖完了！"

我疑心这是骗人的。为什么戏院当局不挂"客满"的牌子？我
不能再"绅士气"了。我挤开了几位拦路的时髦女郎，直到卖
票处前面。我们的长蛇阵也中断了。卖票员只对我摇手。

好容易又挤了出来，到得马路上时，我忍不住叹口气说：

"虽然'大年夜'不在××街的小小南货店里，可确是
在每家影戏院里！"

以后我们的行程是四马路了。意外地不是"大年夜"样的。
也没看见多少艳妆的野鸡之类。"掼炮"声音更少。

两个孩子是非常扫兴了。于是"打吗啡针"：每人三个气球。

我们最后的希望是看看南京路上有没有封皮的怪相"瞎
眼睛"。

然而也没有。

十二点光景挤进了南京路的虹庙。这是我的主张。可是逛
过了浴佛节的静安寺的两个孩子大大不满意。"没有静安寺那
样大"，是他们的批评。他们怎么会知道我是出来找"大年夜"
的，而"大年夜"确也是在这座庙里！

后来我知道过不了年关的商店有五百多家。债权人请法院
去封门。要是一封，那未免有碍"大上海"的观瞻，所以法院
倒做了和事老。然而调解也等不及，干脆关上大门贴出"清理
账目"的铺子也就有二百几十家了。南京路上有一家六十多年
的老店也是其中之一。

"你猜猜。南京路的铺子有几家是赚钱的？——哈哈，说是只有两家半！那两家是三阳南货店和五芳斋糕团点心店。那半家呢，听说是冠生园。"

回家的路上碰见一位乡亲，他这样对我说。

乡亲这番话，我怎么能够不相信？并且我敢断定复杂的"大上海"市面无论怎样"不景气"，但有几项生意是不受影响的，例如我们刚去随喜了来的虹庙。并且我又确实知道沪西某大佛寺的大小厅堂乃至"方丈室"早已被施主们排日定完；这半年里头，想在那大佛寺里"做道场"，简直非有大面子不行的！

到家的时候，里内一个广东人家正放鞭炮，那是很长的一串，挑在竹竿上。我们站在里门口看去，只见一条火龙，渐缩渐短。等放过了我们走进去，依旧是冷清清的弄堂，不过满地碎红，堆得有寸许厚。

一九三四年，二月二十八日

也算是「现代史」吧

——

郁达夫先生仗着一支秃笔跑江湖，也总算是老资格的了，可是他最近也感到他这书呆子在上海混不过去，大雨天里溜到杭州去过"隐士"生活。在下跑江湖的资格远不及达夫先生，可是十多年来也总死赖在上海，这回看见达夫先生的榜样，也就浩然起了"归"志。

说到敝乡，跟杭州就差的远了。杭州是"天堂"，敝乡不过是"草镇"。在敝乡人眼里看来，上海更是天堂的天堂。所以即使在上海是十足的"阿木林"，到了敝乡尽能够充内行，到处不会吃亏。为的有这一层保障，我到了敝乡后就居然敢到处闯，不怕上当。

那一天，我带了十几个铜子，悠悠然上街闲逛，忽然到了一个空场左近，猛听得锣鼓喧天，我踅过去一看，原来是变把戏的。不用说，照例是布幔围住，看不见把戏场里的秘密。又是照例的场口一幅当做屏门用的布幔上画着红红绿绿的"把式"图；有男有女，有老有小，还有马。原来这是改良新式把戏，有十八九岁的姑娘跑马"献技"。

我站在那里看了一会儿，知道进场票价是十六个铜子。我数一数，身边刚好有十六个铜子。但我到底在上海混过十多年，知道那门面上的五彩广告画是骗人的，还是留着十六个铜子买烧饼吃吧。于是脚跟一转，正想走了，猛不防那把戏场门前卖票的汉子忽地把那广告画的布幔拉开，特别放盘，送阅几秒钟。我明明看见一位十八九岁拖着两根短辫子的红衣姑娘骑在一匹黄马上在场里疾驰！好哇！我的耳边就腾起了这样的彩声。当下我一阵糊涂，就牺牲了十六个铜子，摇摇摆摆进了场。

自然我那时候不相信自己早做了阿木林。因为马是有的，一匹黄马。马上有人，拖着两条短辫子，约莫十八九岁，红衣黑裤子的姑娘。而这姑娘骑了马是在那里跑。而且锣鼓敲得好不热闹。但是十分钟后，我就觉悟到有点上当了。因为那姑娘和马只不过绕着圈子走，而且慢腾腾地走着。不用说，这样绕圈子走，看到第三遍时，就是小孩子也看厌了。何况到第四遍时，我又"发现"了那马上的姑娘好像不是真的姑娘。不但胸前一平如砥，而且全脸全身毫无半点女相。本来我是看把戏，真姑娘或是假姑娘的把戏，我可以不管，不过把小子来冒充姑娘，可也太把看客当做头号阿木林了。

然而正当我愤愤不平的时候，"把戏"可就当真来了，场门口卖票那汉子这时忽又站上了高凳，脸对着场里，把两个手指放在嘴里吹一呼哨，立刻那马上的假姑娘（对不起，我断定她是假姑娘了），在马屁股上加一鞭，琮琮琮地快跑起来了！同时，那汉子就把那当做屏门的五彩广告画布幔刷的一下拉了开来，嘴里怪声怪气大嚷。几秒钟后——刚好那假姑娘跑完一个圈，布幔重复拉上，场内的秘密就此再不给场外人看，而那匹黄马又是慢腾腾地走着。

可是这一次的特别放盘，送阅几秒钟，居然又吸进了几个看客。

以后这同样的"把戏"第三次，第四次……无数次演着，直到变把戏的觉得人们的钱袋已经空空。然而那时天色不早，就要说"明天请早"了！

我算是做了三小时的十足阿木林。我拍拍空了的钱袋，忍不住笑起来了。记得《申报自由谈》上登过何家干先生的一篇短文——《现代史》，也是讲变戏法的怎样叫人慷慨解囊。但是我觉得我所碰到的这班变把戏的，更是巧妙。妙在那几秒钟的"拉开布幔"，叫局外人看见场里确是像煞有介事紧张。

老乡绅

"要是并没有所谓上帝，我们就得创造他一个！"

——福禄特尔

朋友！这是桩真实事，发生在×省×县×乡！

那一天早上，东方红日初升，空气清爽。夜来有过阵头雨，街上青石板的凹陷处还是一个一个的水潭。积世老乡绅×老穿了件"结衫"，站在自己家门前的石阶上，一手捋着胡子，仰脸看天空的浮云，悠然自得，便是上八洞的神仙也不及他老人家清闲纳福。

他老人家有一点古怪脾气；喜欢信口开河撒一点儿不伤脾胃的小谎。他哄得人家相信了，自家躲在旁边暗笑；他说这是顶好的延年秘诀。他是一位幽默家。

这一天早上，他正在看天空的浮云，正正经经并没想到要撒谎的时候，忽然迎面来了一位忘年交，恭恭敬敬拱手喊道：

"×老！早呵！听说昨夜那个响雷劈开了东乡外的一株老槐树，哎，就是×桥边那株老槐树！"

×桥吗？那是离镇有六里路的一座三洞大桥！突然×老的眼珠一翻，不假思索地脱口回答道：

"这就对了！原来那孽畜的老窠竟在×桥的大槐树底下！"

忘年交愕然看着×老的淡黄面孔，摸不着头脑。但是×老道貌岸然地自言自语接下去了：

"哦！×桥到螺蛳滩，少说也有三十里路，这孽畜遭了雷火，还能够窜去那么远，厉害哟厉害！"

忘年交现在听出眉目来了，赶快问道：

"×老！那老槐树底下躲着妖精么？"

"可不是！昨夜雷雨过后，螺蛳滩那边从天上掉落一条大蟒蛇来，身体比吊桶还粗，头像栲栳，死在田里，总有半亩地那么大；正不知道这孽畜从哪里来，却原来×桥边的老槐树是它的老家！小儿是常到×桥去的，惭愧得很，侥幸没有膏了它的馋吻。今儿它既然遭了天条，倒要走螺蛳滩一趟去看看明白。"

"对呀，对呀，可是二十多里路，这样大热天，不是玩的！"

忘年交一边说，一边拱手，就走开了。×老直望到不见了这位朋友的影子，这才回味过来似的独自哈哈笑着，也回进家内去了。

　　到了午后，×老把这件事完全忘记了；照例踱到茶馆去的时候，他听得满茶馆纷纷谈论着螺蛳滩有一条极大的死蟒蛇。×老这才想起了今天早上弄的小狡狯，就忍住了笑，在旁边听他们讲。可是他渐渐收住了笑容，正正经经用心在听了。人家讲的多么细到！并且其中满头大汗的一位据说是刚去看了来的呀！

　　"原来是真的吗？"×老捋着胡子肚里想。他疑惑自己早上对那忘年交说的一番话确是有来历的了，他不相信自己会撒下那样一个谎了。

　　于是在听完了以后，×老第一个站起来说道：

　　"今天早上我也听说有这回事，我还以为是谣言哪！既然是真的，那倒不能不去看一下。"

　　许多茶客都哄然附和。一群人拥出了那茶馆，就向镇西螺蛳滩那条路走去，×老是赶在前头的第一个。

第三部

雷雨前

清早起来，就走到那座小石桥上。摸一摸桥石，竟像还带点热。昨天整天里没有一丝儿风。晚快边响了一阵子干雷，也没有风，这一夜就闷得比白天还厉害。天快亮的时候，这桥上还有两三个人躺着，也许就是他们把这些石头又困得热烘烘。

满天里张着个灰色的幔。看不见太阳。然而太阳的势力好像透过了那灰色的幔，直逼着你头顶。

河里连一滴水也没有了，河中心的泥土也裂成乌龟壳似的。田里呢，早就像开了无数的小沟——有两尺多阔的，你能说不像沟吗？那些苍白色的泥土，干硬得就跟水门汀差不多。好像它们过了一夜工夫还不曾把白天吸下去的热气吐完，这时它们那些扁长的嘴巴里似乎有白烟一样的东西往上冒。

站在桥上的人就同浑身的毛孔全都闭住，心口泛淘淘，像要呕出什么来。

这一天上午，天空老张着那灰色的

幔，没有一点点漏洞，也没有动一动。也许幔外边有的是风，但我们罩在这幔里的，把鸡毛从桥头抛下去，也没见它飘飘扬扬踱方步。就跟住在抽出了空气的大桶里似的，人张开两臂用力行一次深呼吸，可是吸进来只是热辣辣的一股闷。

汗呢，只管钻出来，钻出来，可是胶水一样，胶得你浑身不爽快，像结了一层壳。

午后三点钟光景，人像快要干死的鱼，张开了一张嘴，忽然天空那灰色的幔裂了一条缝！不折不扣一条缝！像明晃晃的刀口在这幔上划过。然而划过了，幔又合拢，跟没有划过的时候一样，透不进一丝儿风。一会儿，长空一闪，又是那灰色的幔裂了一次缝。然而中什么用？

像有一只巨人的手拿着明晃晃的大刀在外边想挑破那灰色的幔，像是这巨人已在咆哮发怒；越来越紧了，一闪一闪满天空瞥过那大刀的光亮，隆隆隆，幔外边来了巨人的愤怒的吼声。

猛可地闪光和吼声都没有了，还是一张密不通风的灰色的幔！

空气比以前加倍闷！那幔比以前加倍厚！天加倍黑！

你会猜想这时那幔外边的巨人在揩着汗，歇一口气；你断得定他还要进攻。你焦躁地等着，等着那挑破灰色幔的大刀的一闪电光，那隆隆隆的怒吼声。

可是你等着，等着，却等来了苍蝇。它们从龌龊的地方飞出来，嗡嗡嗡的，绕住你，叮你的涂一层胶似的皮肤。戴红顶子像个大员模样的金苍蝇刚从粪坑里吃饱了来，专拣你的鼻子尖上蹲。

也等来了蚊子。哼哼哼地，像老和尚念经，或者老秀才读古文。苍蝇给你传染病，蚊子却老实要喝你的血呢！

你跳起来拿着蒲扇乱扑；可是赶走了这一边的，那一边又是一大群乘隙进攻。你大声叫喊，它们只回答你个哼哼哼，嗡嗡嗡！

外边树悄心的蝉儿却在那里唱高调："要死哟！要死哟！"

你汗也流尽了，嘴里干得像烧，你手脚也软了，你会觉得世界末日也不会比这再坏！

然而猛可地电光一闪，照得屋角里都雪亮。幔外边的巨人一下子把那灰色的幔扯得粉碎了！轰隆隆，轰隆隆！他胜利地叫着。呼——呼——挡在幔外边整整两天的风开足了超高速度扑来了！蝉儿噤声，苍蝇逃走，蚊子躲起来，人身上像剥落了一层壳那么一爽。霍！霍！霍！巨人的刀光在长空飞舞。轰隆隆，轰隆隆，再急些，再响些吧！

让大雷雨冲洗出个干净清凉的世界！

大旱

这是大旱年头一个小小乡镇里的故事。

亲爱的读者：也许你是北方人，你就对于这故事的背景有点隔膜了。不过我也有法子给你解释个明白。

第一，先请你记住：这所谓小小的乡镇至少有北方的二等县城那么热闹；不，单说热闹还不够，再得加一个形容词——摩登。镇里有的是长途电话（后来你就知道它的用处了），电灯，剪发而且把发烫曲了的姑娘，抽大烟的少爷，上海流行过三个月的新妆，还有，——周乡绅六年前盖造的"烟囱装在墙壁里"的洋房。

第二，这乡镇里有的是河道。镇里人家要是前面靠街，那么，后面一定靠河；北方用吊桶到井里去打水，可是这个乡镇里的女人永远知道后房窗下就有水；这水，永远是毫不出声地流着。半夜里你偶然醒来，会听得窗外（假使你的卧室就是所谓靠河的后房）有咿咿哑哑的橹声，或者船娘们带笑喊着"扳艄"，或者是竹篙子的铁头打在你卧房下边的石脚上——铮的一响，可是你永远听不到水自己的声音。

清早你靠在窗上眺望，你看见对面人家在河里洗菜洗衣服，也有人在那里剖鱼，鱼的鳞甲和肠子在水面上慢慢地漂流，但是这边——就在你窗下，却有人在河水里刷马桶，再远几间门面，有人倒垃圾，也有人挑水——挑回去也吃也用。要是你第一回看见了这种种，也许你胸口会觉得不舒服，然而这镇里的人永远不会跟你一样。河水是"活"的，它慢慢地不出声地流着；即使洗菜洗衣服的地方会泛出一层灰色，刷马桶的地方会浮着许多嫩黄色的泡沫，然而那庄严的静穆的河水慢慢地流着流着，不多一会儿就还你个茶色的本来面目。

所以，亲爱的读者，第三项要请你记住的，这镇里的河道是人们的交通工具，又是饮料的来源，又是垃圾桶。

镇外就是田了。镇上人谈起一块田地的"四至"来，向来是这样的："喏，东边到某港，西边靠某浜，南边又是某港，北边就是某某塘"（塘是较大的河）。水，永远是田地的自然边界。可是，我的朋友，请你猜一猜，这么一块四面全是河道的田地有多少亩？一百亩吧？太多太多！五十亩呢？也太多！十亩，二十亩？这就差不多了！水是这么的"懂事"，像蛛网一般布满了这乡镇四周的田野。亲爱的读者，这就是我要报告的第四项了。

这样的乡村，说来真是"鱼米之邦"，所谓"天堂"了吧！然而也不尽然。连下了十天雨，什么港什么浜就都满满的了，乡下人就得用人工来排水了，然而港或浜的水只有一条出路：河。而那永远不慌不忙不出声流着的河就永远不肯把多余的水赶快带走。反过来，有这么二十天一个月不下雨，糟了，港或浜什么的都干到只剩中心里一泓水，然而那永远不慌不忙不出声流着的河也是永远不会赶快带些水来喂饱港或浜。

要是碰到像今年那样一气里五六十天没有雨，嘿嘿！你到乡下去一看，你会连路都认不准呢！我要讲的故事，就从这里开头。

从前要到这小小的乡镇去，你可以搭小火轮。从这镇到邻近的许多小镇，也都有小汽油轮。那条不慌不忙不出声流着的镇河里每天叫着各种各样的汽笛声。这一次四十多天不下雨，情形可就大大不同。上海开去的小火轮离镇五六十里就得停住，客人们换上了小船，再前进。这些小船本来是用橹的，但现在，橹也不行，五六十里的路就全靠竹篙子撑。好容易到得镇梢时，小船也过不去了，客人们只好上岸走。这里是一片荒野，离镇上还有十多里路。

我到了镇中心区的时候，已经是晚上九点多钟。街上有些乘风凉的人。我走上了一座大桥，看见桥顶上躺着七八个人，呼呼地打鼾。这里有一点风，被风一吹，这才觉得倦了，我就拣一个空位儿也放倒了身体。

"外港尚且那样，不知这镇河干成了什么样子？"我随便想，就伛起身子来看河里。这晚上没有月亮，河里墨黑，从桥顶望下去，好像深得很。渐渐看出来了，有两点三点小小的火光在河中心闪动。隐隐约约还有人声。"哦！还好！"我心里松了一松，我以为这三三两两的火光自然就是从前见惯的"生意船"，或者是江北船户在那里摸螺蛳。然而火光愈来愈近了，快到了桥边了，我睁大眼睛看，哪里有什么船呢，只是几个赤条条的人！小时候听人讲的"落水鬼"故事便在我脑上一闪。这当儿，河里的人们也从桥塉的石埠走上来了，的的确确是"活人"，手里拿着竹丝笼，他们是在河里掏摸小蟹的顽皮孩子。原来这一条从前是交通要道，饮料来源，又兼无底垃圾桶的镇河，现在却比小小的沟还不如！

四十多天没雨，会使这小小的乡镇完全改变了面目。本来是"路"的地方会弄到不成其为"路"。

从前这到处是水的乡镇，现在水变成了金子。人们再不能够站在自家后门口吊水上来，却要跑五六里路挨班似的这才弄到一点泥浆样的水。有人从十多里路远的地方挑了些像样的水来，一毛钱一桶；可是不消几天，就得跑它二十多里路这才有像样的水呢！

在白天，街上冷清清的不大见人，日中也没有市。这所谓
"市"，就是乡下人拿了农产物来换日用品。我巡游着那冷落
的市街，心里就想起了最近读过的一首诗。这位住在都市的诗
人一面描写夜的都市里少爷小姐的跳舞忙，一面描写乡下人怎
样没昼没夜地屛水，给这两种生活作一个对比。我走过那些不
见一个乡下人的街道时，我自然也觉得乡下人一定是田里忙了，
没有工夫上镇里来"做市面"。但是后来我就发现了我的错误。
街那边有一家出租汽油灯的铺子，什么"真正国货光华厂制"
的汽油灯，大大小小挂满了一屋子，两个人正靠在铺子前的柜
台边谈闲天。我听得中间一个说道：

"亏本总不会吧？一块钱一个钟头，我给你算算，足有六
分钿呢！"

说话的是四十来岁的长条子，剃一个和尚头，长方脸，眯
细了眼睛，大概是近视，却不戴眼镜。我记起这位仁兄来了。
他是镇上的一位"新兴资产阶级"，前年借了一家歇业的典当
房子摆了三十多架织布机，听说干的很得手呢。我站住了：望
望那一位。这是陌生面孔，有三十多岁，一张圆脸儿，晒得印
度人似的，他懒洋洋摸着下巴回答这长条子道：

"六分钿是六分钿，能做得几天生意呢？三部车本钱也要
一千光景，租船难道不要钱？初头上开出去抽水，实实足足做
了八天生意。你算算有什么好处？现在，生意不能做了，船又

开不回来，日晒夜露，机器也要出毛病呵！"

"唔唔，出毛病还在其次……就怕抢！"

长条子摇着头说，眯细了眼睛望望天空。

我反正有的是空工夫，就踅到柜台边跟他们打招呼。几句话以后，我就明白了他们讨论的"亏本不亏本"是什么。原来那黑圆脸的就是汽油灯铺子的老板，他买了三部苏农厂的抽水机，装在小船上，到乡下去出租，一块钱一点钟，汽油归他出。这项生意是前年发大水的时候轧米厂的老板行出来的，很赚了几个钱。今年汽油灯铺的老板就来学样，却不料乡下那些比蛛网还密的什么港什么浜几天工夫里就干得一滴水也没有了，抽水机虽然是"利器"，却不能从十里外的大河里取水来，并且连船带机器都搁浅在那里，回不到镇里了。港极多的乡下，现在干成了一片大平原。乡下人闲得无事可做。他们不到镇里来，倒不是为的戽水忙，却是为的水路干断——平常他们总是摇了船来的。再者，他们也没有东西可卖，毒热的太阳把一切"耘生"都活活晒死了。

这一个小小的热闹摩登的乡镇于是就成为一个半死不活的荒岛了：交通断绝，饮水缺乏，商业停顿。再有三四十天不下雨，谁也不敢料定这乡镇里的人民会变成了什么！

可是在这死气沉沉的环境中，独有一样东西是在大活动。这就是镇上的长途电话。米店老板一天要用好几次长途电话，探询上海或是无锡的米价钱；他们要照都市里的米价步步涨高起来，他们又要赶快进货，预备挣一笔大钱。公安分局也是一天要用那长途电话好几次的；他们跟邻镇跟县里的公安局通消息，为的恐怕乡下人抢米，扰乱地方治安；他们对于这一类事，真是眼明手快，勇敢周密。

戽水

就说是 A 村吧。这是个二三十人家的小村。南方江浙的"天堂"区域照例很少（简直可以说没有）百来份人家以上的大村。可是 A 村的人出门半里远——这就是说，绕过一条小"浜"，或者穿过五六亩大的一片田，或是经过一两个坟地，他就到了另一个同样的小村。假如你同意的话，我们就叫它 B 村。假如 B 村的地位在 A 村东边，那么西边，南边，北边，还有 C 村、D 村、E 村等等，都是十来分钟就可以走到的，用一句文言，就是"鸡犬之声相闻"。

可是我们现在到这一群小村里，却听不到鸡犬之声。狗这种东西，喜欢吃点儿荤腥；最不摆架子的狗也得吃白饭拌肉骨头。枯叶或是青草之类，狗们是不屑一嗅的。两年多前，这一带村庄里的狗早就挨不过那种清苦生活，另找主人去了。这也是它们聪明见机。要不，饿肚子的村里人会杀了它们来当一顿的。

至于鸡呢，有的；春末夏初，稻场

上啾啾啾的乱跑，全不过拳头大小，浑身还是绒毛，可是已经会用爪子扒泥，找出小虫儿来充饥。然而等不到它们"喔喔"啼的时候，村里人就带它们上镇里去换钱来买米。人可不像鸡，靠泥里的小虫子是活不了的。所以近年来这一带的村庄里，永远只见啾啾啾的小鸡，没有邻村听得到的喔喔高啼的大鸡。

这一带村庄，现在到处是水车的声音。

A 村和 B 村中间隔着一条小河。从"端阳"那时候起，小河的两岸就排满了水车，远望去活像一条蜈蚣。这长长的水车的行列，不分昼夜，在那里咕噜咕噜地叫。而这叫声，又可以分做三个不同的时期：

最初那五六天，水车就像精壮的小伙子似的，它那"杭育杭育"的喊声里带点儿轻松的笑意。水车的尾巴浸着浅绿色的河水，辘辘地从上滚下去的叶子板格格地憨笑似的一边跟小河亲一下嘴，一边就喝了满满的一口，即刻又辘辘辘地上去，高兴得嘻嘻哈哈地把水吐了出来，马上又辘辘地再滚了下去。小河也温柔地微笑，河面漾满了一圈一圈的笑涡。

然而小河它也渐渐瘦了。水车的尾巴接长了一节，它也不像个精壮的小伙子，却像个瘦长的痨病鬼了。叶子板很费力似的喀喀地滚响，滚到这瘦的小河里，抢夺了半口水，有时半口还不到，再喀喀地挣扎着上来，没有到顶（这里是水车的嘴巴），太阳已经把带泥的板边晒成灰白色了。小河也是满脸土色，再也笑不出来，却吐着叹息的泡沫。

这样过了两天，水车的尾巴就不得不再接长一节。可是，像一个支气管炎的老头子，它咳得那么响，却是干咳。叶子板因为是三节了，滚得更加慢，更加吃力，轧轧地，响声也是干燥的，听了叫人牙齿发酸。水车上的人，半点钟换一班。他们汗也流完了，腿也麻木了，用了可惊的坚强的意志，要从这干瘪的小河榨出些浓痰似的泥浆来！轧轧轧，喀喀喀，远远近近的无数水车愤怒地悲哀地哭喊。

这样又是一天，小河像逃走了似的从地面上隐去。河心里的泥开始起皱纹，像老年人的脸；水车也都噤口，满身污泥，一排一排，朝着满天星斗的夏天的夜。

稻场上，这时例外地人声杂乱。A 村和 B 村的人在商量一个新的办法。那条小河的西头，是一个小小的浜，那已是 C 村的地界。靠着浜边，是 C 村人的桑地，倘使在这一片桑地上开一道沟出去，就可以把外边塘河里的水引到浜里，再引到小河里。

从浜到塘河，路倒不远，半里的一小半；为难的，这是一片桑地，而且是 C 村人的。然而要得水，只有这一条路呀！A 村和 B 村的人就决定主意去跟那片桑地的主人们商量，借这么三四尺阔的地面开一道沟出来；要是坏了桑树，他们两村的人照样赔还。

他们的可惊的坚强的意志终于把这道沟开成了。然而塘河里的水也浅得多了，不用人工，不会流到那新开成的沟。这当儿，农民的可惊的坚强的意志再来一次表现。A村和B村的人下了个总动员！新开沟跟塘河接头那地方立刻挖起一口四五丈见方的蓄水池来，沿那池口排得紧紧的，是七八架水车，都是三节的尾巴，像有力的长臂膊，伸到河心水深的地点，车上全是拼命的壮丁，发疯似的踏着，叶子板汩汩地狂叫！这是人们对旱天的最后的决战！

蓄水池满了，那灰绿色的浑水渐渐地流进那四尺多阔的沟口，倒好像很急似的；然而进了沟就一点一点慢下来了。终于通过了那不算短的沟，到了浜，再到了那小河的干涸的河床，那水就看不出是在流，倒好像从泥里渗出来似的。小河两岸的水车头，这时早又站好了人，眼望着河心。有几个小孩在河滩上跑来跑去，不时大声报告道："水满一点了！""一个手指头那么深了！"忽然一声呼哨，像是预定的号令，水车头那些人都应着发声喊，无数的脚都动了，水车急响着枯枯枯的干燥的叫号。但是水车的最下的一个叶子板刚刚能够舐着水，却不能喝起水来——小半口也不行。叶子板滚了一转，湿漉漉地，可是戽不起水！

"叫他们外边塘河边的人再用点劲呀！"有人这么喊着。这喊声一递一递传过去，驿马似的报到塘河上。"用劲呀！"

塘河上那七八架水车上的人齐声叫了一下。他们的酸重的腿儿一齐绞出最后的力气，他们脸上的肌肉绷紧到起棱了。蓄水池泼剌剌泼剌剌地翻滚着白色的水花。从池灌进沟口的水哗哗地发叫。然而通过了那沟，到得小河时，那水又是死洋洋没点气势了。小河里的水是在多起来，然而是要用了最精密的仪器才能知道它半点钟内究竟多起了若干。河中心那一泓水始终不能有两个指头那么深！

因为水通过那半里的一小半那条沟的时候，至少有一小半是被沿路的太干燥的泥土截留去了。因为那个干了的小浜也有半亩田那么大，也是燥渴得不肯放水白白过去的呀！

天快黑的时候，小河两岸跟塘河边的水车又一齐停止了。A村和B村的人板着青里泛紫的面孔，瞪出了火红的眼睛，大家对看着，说不出话。C村的人望望自己田里，又望望那塘河，也是一脸的忧愁。他们懂得很明白：虽然他们的田靠近塘河地位好，可是再过几天，塘河的水也戽不上来了，他们跟A村B村的人还不是一样完了吗？

于是在明亮的星光下，A村和B村的人再聚在稻场上商量的时候，C村的人也加入了。有一点是大家都明白的：尽管他们三村的人联合一致，可是单靠那简陋的旧式水车，无论如何救不活他们的稻。"算算要多少钱，雇一架洋水车。"终于耐不住，大家都这么说了。大家早已有这一策放在心里——做梦做到那怪可爱的洋水车，也不止一次了，然而直到此时方才说出来，就因为雇用洋水车得花钱，而且价钱不小。照往年的规矩说，洋水车灌满五六亩大的一爿田要三块到四块的大洋。村里人谁也出不起这大的价钱。但现在是"火烧眉毛"，只要洋水车肯做赊账，将来怎样挖肉补疮地去还这笔债，只好暂且不管。

塘河上不时有洋水车经过，要找它不难。趁晚上好亮的星光，就派了人去守候吧。几个精力特别好，铁一样的小伙子，都在稻场上等候消息。他们躺在泥地上，有一搭没一搭地闲谈。他们从洋水车谈到镇上的事。正谈着镇上要"打醮求雨"，塘河上守候洋水车的人们回来了。这里躺着的几位不约而同跳了起来问道："守着了吗？什么价钱？"

"他妈妈的！不肯照老规矩了。说是要照钟点算。三块钱一点钟，田里满不满，他们不管。还要一半的现钱！"

"呀，呀，呀，该死的没良心的，趁火打劫来了！"

大家都叫起来。他们自然懂得洋水车上的人为什么要照钟点算。在这大旱天把塘河里的水老远地抽到田里，要把田灌足，自然比往年难些——不，洋水车会比往年少赚几个钱，所以换章程要照钟点算！

洋水车也许能救旱，可是这样的好东西，村里人没"福"消受。

又过了五六天，这一带村庄的水车全变做哑子了。小港里全已干成石硬，大的塘河也瘦小到只剩三四尺阔，稍为大一点儿的船就过不去了。这时候，村里人就被强迫着在稻场上"偷懒"。

他们法子都想尽了，现在他们只有把倔强求生的意志换一个方面去发泄。大约静默了三天以后，这一带村庄里忽然喧阗着另一种声音了；这是锣鼓，这是呐喊。开头是 A 村和 C 村的人把塘河东边桥头小庙里的土地神像（这是一座不能移动的泥像，但村里人立意要动它，有什么办不到！）抬出来在村里走了一转，没有香烛，也没有人磕头（老太婆磕头磕到一半，就被喝住了），村里人敲着锣鼓，发狂似的呐喊，拖着那位土地老爷在干裂的田里走，末了，就把神像放在田里，在火样的太阳底下。"你也尝尝这滋味吧。"村里人潮水一样的叫喊。

第二天，待在田里的土地老爷就有了伴。B 村 E 村以及别的邻村都去把他们小庙里的泥像抬出来要他们"尝尝滋味"了，土地老爷抬完了以后，这一带五六个村庄就联合起来，把三五里路外什么庙里的大小神像全都抬出来"游街"，全放在田里跟土地做伴。"不下雨，不抬你们回去！"村里人威胁似的说。

泥像在毒太阳下面晒起了裂纹，泥的袍褂一片一片掉下来。敲着锣鼓的村里人见了，就很痛快似的发喊。"神"不能给他们"风调雨顺"，"神"不能做得像个"神"的时候，他们对于"神"的报复是可怕的！

人造丝

那一年的秋天，我到乡下去养病。在"内河小火轮"中，忽然有人隔着个江北小贩的五香豆的提篮跟我拉手；这手的中指套着一个很大的金戒指，刻有两个西文字母：HB。

"哈，哈，不认识吗？"

我的眼光从戒指移到那人的脸上时，那人就笑着说。

一边说，一边他就把江北小贩的五香豆提篮推开些，咯吱一响，就坐在我身旁边的另一只旧藤椅里。他这小胖子，少说也有二百磅呢！

"记得不记得？××小学里的干瘪风菱？……"

他又大声说，说完又笑，脸上的肥肉也笑得一跳一跳的。

哦，哦，我记起来了，可是怎么怨得我不认识呢？从前的"干瘪风菱"现在变成了"浸胖油炸桧"！——这是从前我们小学校里另一个同学的绰号。当时他们是一对，提起了这一位，总要带到那一位的。

然而我依然想不起这位老朋友的姓名了。这也不要紧。总之，我们是二十年前的老同学，打架打惯了的。二十多年没见面呢！我们的话是三日三夜也讲不完的。可是这位老朋友似乎很晓得我的情形，说不了几句话，他就装出福尔摩斯的神气来，突然问我道：

"回乡下去养病，是不是？打算住多少天呢？"

我一怔。难道我的病甚至于看得出来吗？天天见面的朋友倒说我不像是有病的呢！老朋友瞧着我那呆怔怔的神气，却得意极了，双手一拍，笑了又笑，跷起大拇指，点着自己的鼻子说道：

"你看！我到外国那几年，到底学了点东西回来！我会侦探了！"

"嗯嗯——可是你刚才说，要办养蜂场吧，你为什么不挂牌子做个东方福尔摩斯？"我也笑了起来。

不料老朋友把眉毛一皱，望着我，用鼻音回答道：

"不行！福尔摩斯的本事现在也不行！现在一张支票就抵得过十个福尔摩斯！"

"然而我还是佩服你！"

"呵呵，那就很好。不过我的本事还是养蜂养鸡。说到我这一点侦探手段，见笑得很，一杯咖啡换来的。昨天我碰到了你的表兄，随便谈谈，知道你也是今天回乡下去，去养病。要不然，我怎么能够一上船就认识你？哈哈——这一点小秘密就值一杯咖啡。"

我回想一想，也笑了。

往后，我们又渐渐谈到蜂呀鸡呀的上头，老朋友伸手在脸上一抹，很正经的样子，扳着手指头说道：

"喂，喂，我数给你听。我出去第一年学医。这是依照我老人家的意思。学了半年，我就知道我这毛躁脾气，跟医不对。看见报上说，上海一地的西医就有一千多，我一想更不得劲儿；等到我学成了时，恐怕就有两千多了，要我跟两千多人抢饭吃，我是一定会失败的。我就改学缫丝。这也是很自然的一回事。你知道我老人家有点丝厂股子。可是糟糕！我还没有学好，老人家丝厂关门，欠了一屁股的债，还写了封哀的美敦书给我，着我赶快回国找个事做。喂，朋友，这不是把我急死吗？于是我一面就跟老人家信来信去开谈判，一面赶快换行业。那时只要快，不拘什么学一点回来，算是我没有白跑一趟欧洲。这一换，就换到了养蜂养鸡。三个月前我回来了，一看，才知道我不应该不学医。"

老朋友说到这里，就鼓起了腮巴，一股劲儿看着我，好像要等我证明他的"不该不学医"。等了一会儿，我总不做声，总也是学他的样子看着他，他就吐一口气，自己来说明道：

"为什么呀？中国是病夫之国咯！我的半年的同学里，有几位已经挂了牌子，生意蛮好。可是我跟他们同学的半年里，课堂上难得看见他们的尊容！"

"哎，哎，事情就是难以预料。不过你打算办一个蜂场什么的，光景不会不成功吧？"我只好这么安慰他。

"难说，难说！……我把我的计划跟几位世交谈过，他们都不置可否。事后听得他们对旁人说：养养蜜蜂，也要到外国去学吗？唉，朋友！"

这位老朋友第一次叹口气，歪着头，不出声了，大拇指拨动他中指上的挺大的金戒子，旋了一转，又旋一转。

这当儿，两位穿得红红绿绿的时髦女人从我们前面走过去，一会儿又走回来，背朝着我们，站在那里唧唧哝哝说话。

我的老朋友一面仍在旋弄他那戒子，一面很注意地打量那两位背面的"美人"。他忽然小声儿自言自语地说：

"我顶后悔的，是我学过将近三年的缫丝。"

他转过脸来看了我一眼，似乎问我懂不懂他这句话的意思。我自己以为懂得，点一下头；然而老朋友却看透了我的心思似的赶快摇着头自己补充道：

"并不是后悔我白花了三年心血。不是这个！是后悔我多了那么一点知识，就给我十倍百倍的痛苦！"

"哦？——"我真弄糊涂了。

"喏喏，"老朋友苦笑一下，"我会分辨蚕丝跟人造丝了。哪怕是蚕丝夹人造丝的什么绸，什么绨，我看了一眼，至多是上手来捏一把，就知道那里头掺的人造丝有多少。哼，我回来三个月，每天看见女人们身上花花绿绿时髦的衣料，每次看见，我就想到了——"

"就想到了你老人家的丝厂关门了？"我忍不住凑了一句，却不料老朋友大不以为然，摇着手急口说下去道：

"不，不，——我是想到了人造丝怎样制的，我觉得那些香喷喷的女人身上只是一股火药气！"

"什么？你说是火药气！"我也吃惊地大声说。

我们的话语一定被前面的那两位女人听得清清楚楚了，她们不约而同，转过半张脸来，朝我们白了一眼，就手拉手地走开了我们这边。这在我的老朋友看来，好像是绝大的侮辱；他咬紧了牙齿似的念了一个外国字，然后把嘴巴冲着我的耳朵叫道：

"不错，是火药气！制人造丝的第一步手续跟制无烟火药是一样的！原料也是一样的！"

这小胖子的嗓子本来就粗，这会儿他又冲着我的耳朵，我只觉得耳朵里轰轰轰的，"人造丝……无烟火药……一样！"轰轰轰还没有完，我又听得这老朋友似乎又加了一句道："打仗的时候，人造丝厂就改成了火药局哩！"

到这时，我也明白为什么这位老朋友说是"痛苦"了。他学得的知识只使他知道中国人人身上有人造丝，而且人造丝还有火药气，无怪他反复说："顶后悔的，是我学过将近三年的缫丝！"

现在又是许久不见这位老朋友了，也不知道他又跑到了哪里去；不过我每逢看见人造丝织品的时候，总要想到他，而且也嗅到了他所说的"火药气"！

桑树

跟"香市"里的把戏班子一同来的是"桑秧客人"。

为什么叫做"客人"呢？孩子们自伙淘里私下议论。睁大了小眼睛躲在大人身背后，孩子们像看把戏似的望着这些"客人"。说话听不懂；他们全是外路口音。装束也有点不顺眼；他们大半穿一件土蓝布的，说它是长衫就太短，说是马褂又太长，镇上没人穿的褂子；他们又有满身全是袋的，又长又大，看上去又挺厚的土蓝布做的背心；年纪大一点的，脚上是一双土布鞋，浅浅的鞋帮面，双梁，配着白布的袜子，裤管塞在袜统里：镇上只有几个老和尚是这么打扮的。

他们卖"桑秧"。什么叫"桑秧"，孩子们有点懂。这是小小的桑树。大桑树有桑果。孩子们大都爬上过大桑树，他们不稀罕这么魔的小家伙，可是他们依然欢迎这些外路的"桑秧客人"，为的是"桑秧客人"来了，"香市"也就快到，把戏班子船跟桑秧船停在一处。

就同变把戏的先要看定场子一样，"桑秧客人"也租定了镇上人家的一两间空屋，摆出货来了。他们那桑秧的种类真多！一人高，两杈儿的，通常是一棵一棵散放着，直挺挺靠在墙壁上，好比是已经能够自立的小伙子。差不多同样高，然而头上没有两杈儿的，那就四棵或者六棵并成一组，并且是躺在地上了：它们头齐脚的一组一组叠起来高到廊檐口。它们是桑秧一家子里边的老二。还有老三，老四，老五……自然也只有躺在泥地上叠"人"堆的份儿了，通常是二十棵、三十棵乃至五十棵扎成一组。

最末了的"老幺"们，竟有百来棵挤成一把儿的。你远看去总以为是一把扫帚。"桑秧客人"也当它们扫帚似的随随便便在门槛边一放。

有时候，门槛边挤的人多了，什么草鞋脚，赤脚或者竟是"桑秧客人"他们自己的土布双梁鞋，也许会踹在"老幺"们那一部大胡子似的细根上。有时碰到好晴天，太阳光晒进屋子里来了，"桑秧客人"得给"老大"它们的根上洒点水或者拿芦席盖在它们身上；可是门槛边的"老幺"们就没有那份福来享。顶巴结的"客人"至多隔一天拿它们到河里去浸一浸，就算了。

因为百来棵一把的"老幺"们的代价还赶不上它们"大哥"

一棵的小半儿呵！

逛"香市"的乡下人就是"桑秧客人"做买卖的对象。

乡下人总要先看那些疏疏落落靠在墙壁上的一人高两杈儿的"老大"。他们好像"看媳妇"似的相了又相，问价钱，扪一下自己的荷包，还了价钱，再扪一下自己的荷包。

两杈儿的"老大"它们都是已经"接过"的，就好比发育完全的大姑娘；种到地里，顶多两年工夫就给你很好的桑叶了。"老二"以下那一班小兄弟，即使个儿跟"老久"差不多，天分却差得远了。它们种到地里，第二年还得"接"；不"接"嘛，大起来就是野桑，叶儿又小又瘦，不能做蚕宝宝的食粮。"接过"后，也还得三年四年——有时要这么五年，才能生叶，才像一棵桑树。

然而乡下人还了价钱，扪着自己的荷包，算来算去不够交结"老大"的时候，也只好买"老二"、"老三"它们了。这好比"领"一个八九十来岁的女孩子做"童养媳"，几时可以生儿子，扳指头算得到。只有那门槛边的"老幺"们，谁的眼光不会特地去看一下。乡下人把"老二"、"老三"它们都看过，问价而且还价以后，也许有意无意地拿起扫帚样的"老幺"们看一眼，但是只看一眼，就又放下了。可不是，要把这些"老幺"调理到能够派正用，少说也得十年呀！谁有这么一份耐心呢？便算有耐心，谁又有那么一块空地搁上十年再收利呢！

　　有时候，讨价还价闹了半天，交易看看要不成了，"桑秧客人"抓抓头皮，就会拿起门槛边那些扫帚样的"老幺"们掷在乡下人面前说："算了吧，这一把当做饶头吧！"乡下人也摸着下巴，用他的草鞋脚去拨动"老幺"们那一撮大胡子似的细根。交易成功了。乡下人掮着两三组"老二"或是"老三"，手里拎着扫帚似的"老幺"。

　　"老幺"就常常这样"陪嫁丫头"似的跟着到了乡下。

　　特地去买"老幺"来种的，恐怕就只有黄财发。

　　他是个会打"远算盘"的人。他的老婆养第二个孩子的时候，他就到镇上育婴堂里"抱"了个八个月大的女孩子来给他三岁大的儿子做老婆。他买那些"老幺"辈分的桑秧，也跟"抱"八个月大的童养媳同样的"政策"。他有一块地，据说是用得半枯，非要让它醒一醒不可了；他花三毛钱买了两把"老幺"桑秧来，就种在那块地上。

　　这就密密麻麻种得满满的了，总数有两百四十多。当年冬天冻死了一小半。第二年春，他也得了"陪嫁"的一把，就又补足了上年的数目。到第四年上，他请了人来"接"；那时他的童养媳也会挑野菜了。小桑树"接"过后，只剩下一百多棵像个样儿，然而黄财发已经满足。他这块地至多也不过挤下百来枝。

　　可是这是十年前的旧事。现在呢，黄财发的新桑地已经出过两次叶了，够吃一张"蚕种"。黄财发的童养媳也长成个大姑娘，说不定肚子里已经有儿子。

八个月大的女孩子长成了人，倒还不知不觉并没有操多少心。幺细的桑秧也种得那么大，可就不同。黄财发会背给你听：这十来年里头，他在那些小桑树身上灌了多少心血；不但是心血，还花了钱呢！他有两次买了河泥来壅肥这块用枯了的地。十年来，他和两个儿子轮换着到镇上去给镇里人家挑水换来的灰，也几乎全都用在这块桑地。

现在好了，新桑地就像一个壮健的女人似的。去年已经给了他三四十担叶，就可惜茧价太贱，叶价更贱得不成话儿。

这是日本兵打上海那一年的事。

这一年，黄财发的邻舍李老四养蚕亏本，发狠把十来棵老桑树都砍掉了，空出地面来改种烟片。虽则是别人的桑树，黄财发看着也很心痛。他自然知道烟片一担卖得好时就有二三十块，这跟一块钱三担的叶价真是不能比。然而他看见好好的桑树砍做柴烧，忍不住要连声说："罪过！罪过！"

接连又是一年"蚕熟"，那时候，黄财发的新桑地却变成了他的"命根"：人家买贵叶给蚕吃，黄家是自吃自。但是茧子卖不起钱，黄财发只扯了个够本。

"早晓得这样，自家不养蚕，卖卖叶，多么好呢！"黄财发懊悔得什么似的；这笔损失账，算来算去算不清。

下一年就发狠不养蚕了，专想卖叶。然而作怪，叶价开头就贱到不成话儿。四五十人家的一个村坊，只有五六家养蚕，而且都是自己有叶的。邻村也是如此。镇上的"叶行"是周围二三百里范围内桑叶"买""卖"的总机关，但这一年叫做"有秤无市"。最初是一元两担的时候，黄财发舍不得卖，后来跌到一元四担，黄财发想卖也卖不脱手。

十多年来的"如意算盘"一朝打翻了！

要是拿这块桑地改种了烟叶，一年该有多少好处呢？四担的收成是有的吧？一担只算二十块钱，也有这些……黄财发时常转着这样的念头。一空下来，他就去巡视他的新桑地。他像一个顶可恶的收租米人似的，居心挑剔那些新桑树。他摇动每一棵桑树的矮身子，他仔细看那些皱皮上有没有虫蛀；他末了只是摇头叹气。这些正在壮年的新桑树一点"败相"也没有！要是它们有点"败相"，黄财发那改种烟叶的念头就会决定。

他又恨这些新桑树，又爱这些新桑树。他看着这些变不出钱来的新桑树，真比逃走了一个养大到十八九岁的童养媳还要生气！

而况他现在的光景也比不上十年前了。十年前他还能够"白搁着"这块地，等它过了十年再生利。现在他却等不及。他负了债，他要钱来完粮缴捐呢！

但是烟叶在村坊里的地盘却一天一天扩大了。等到黄财发一旦下了决心，那烟片的价钱也会贱到不像话儿吧？不过黄财发是想不到那么远的。如果他能想到那么远，他就会知道现在是无论什么巧法儿都不能将他的生活再"绷补"下去。

最后还得交代一句：像黄财发那样的"身家"，村坊里已经是头儿尖儿。

谈月亮

不知道什么原因，我跟月亮的感情很不好。我也在月亮底下走过，我只觉得那月亮的冷森森的白光，反而把凹凸不平的地面幻化为一片模糊虚伪的光滑，引人去上当；我只觉得那月亮的好像温情似的淡光，反而把黑暗潜藏着的一切丑相幻化为神秘的美，叫人忘记了提防。

月亮是一个大骗子，我这样想。

我也曾对着弯弯的新月仔细看望。我从没觉得这残缺的一钩儿有什么美；我也照着"诗人"们的说法，把这弯弯的月牙儿比做美人的眉毛，可是愈比愈不像，我倒看出来，这一钩的冷光正好像是一把磨得锋快的杀人的钢刀。

我又常常望着一轮满月。我见过她装腔作势地往浮云中间躲，我也见过她像一个白痴人的脸孔，只管冷冷地呆木地朝着我瞧；什么"广寒宫"，什么"嫦娥"——这一类缥缈的神话，我永远联想不起来，可只觉得她是一个死了的东西，然而她偏不肯安分，她偏要"借光"

来欺骗漫漫长夜中的人们，使他们沉醉于空虚的满足，神秘的幻想。

月亮是温情主义的假光明！我这么想。

呵呵，我记起来了；曾经有过这么一回事，使得我第一次不信任这月亮。那时我不过六七岁，那时我对于月亮无爱亦无憎。有一次月夜，我同邻舍的老头子在街上玩。先是我们走，看月亮也跟着走；随后我们就各人说出他所见的月亮有多么大。"像饭碗口"是我说的。然而邻家老头子却说"不对"，他看来是有洗脸盆那样子。

"不会差得那么多的！"我不相信，定住了眼睛看，愈看愈觉得至多不过是"饭碗口"。

"你比我矮，自然看去小了呢。"老头子笑嘻嘻说。

于是我立刻去搬一个凳子来，站上去，一比，跟老头子差不多高了，然而我头顶的月亮还只有"饭碗口"的大小。我要求老头子抱我起来，我骑在他的肩头，我比他高了，再看看月亮，还是原来那样的"饭碗口"。

"你骗人哪！"我作势要揪老头儿的小辫子。

"嗯嗯，那是——你爬高了不中用的。年纪大一岁，月亮也大一些，你活到我的年纪，包你是看去有洗脸盆那么样子。"老头子还是笑嘻嘻。

我觉得失败了，跑回家去问我的祖父。仰起头来望着月亮，我的祖父摸着胡子笑着说："哦哦，就跟我的脸盆差不多。"在我家里，祖父的洗脸盆是顶大的。于是我相信我自己是完全失败了。在许多事情上都被家里人用一句"你还小哩！"来剥夺了权利的我，于是就感到月亮也那么"欺小"，真正岂有此理。月亮在那时就跟我有了仇。

呵呵，我又记起来了，曾经看见过这么一件事，使得我知道月亮虽则未必"欺小"，却很能使人变得脆弱了似的，这件事，离开我同邻舍老头子比月亮大小的时候总也有十多年了。那时我跟月亮又回到了无恩无仇的光景。那时也正是中秋快近，忽然有从"狭的笼"里逃出来的一对儿，到了我的寓处。大家都是虮角之交，我得尽东道之谊。而且我还得居间办理"善后"。我依着他们俩铁硬的口气，用我自己出名，写了信给双方的父母——我的世交前辈，表示了这件事恐怕已经不能够照"老辈"的意思挽回。信发出的下一天就是所谓"中秋"，早起还落雨，偏偏晚上是好月亮，一片云也没有。我们正谈着"善后"事情，忽然发现了那个"她"不在我们一块儿。自然是最关心"她"的那个"他"先上楼去看去。等过好半晌，两个都不下来，我也只好上楼看一看到底为了什么。一看可把我弄糊涂了！男的躺在床上叹气，女的坐在窗前，仰起了脸，一边望着天空，一边抹眼泪。

"哎，怎么了？两口儿斗气？说给我来评评。"我不会想到另有别的问题。

"不是呀！——"男的回答，却又不说下去。

我于是走到女的面前，看定了她——凭着我们小时也是捉盲的伙伴，我这样面对面朝她看是不算莽撞的。

"我想——昨天那封信太激烈了一点。"女的开口了，依旧望着那冷清清的月亮，眼角还噙着泪珠。"还是，我想，还是我回家去当面跟爸爸妈妈办交涉——慢慢儿解决，将来他跟我爸爸妈妈也有见面之余地。"

我耳朵里轰的响了一声。我不知道什么东西使得这个昨天还是嘴巴铁硬的女人现在忽又变计。但是男的此时从床上说过一句来道：

"她已经写信告诉家里，说明天就回去呢！"

这可把我骇了一跳。糟糕！我昨天全权代表似的写出两封信，今天却就取消了我的资格；那不是应着家乡人们一句话：什么都是我好管闲事闹出来的。那时我的脸色一定难看得很，女的也一定看到我心里，她很抱歉似的亲热地叫道："× 哥，我会对他们说，昨天那封信是我的意思叫你那样写的！"

"那个，只好随它去；反正我的多事是早已出名的。"我苦笑着说，盯住了女的面孔。月亮光照在她脸上，这脸现在有几分"放心了"的神气；忽然她低了头，手握住了脸，就像闷在瓮里似的声音说："我撇不下妈妈。今天是中秋，往常在家里妈给我……"

我不愿意再听下去。我全都明白了，是这月亮，水样的猫一样的月光勾起了这位女人的想家的心，把她变得脆弱些。

从那一次以后，我仿佛懂得一点关于月亮的"哲理"。我觉得我们向来有的一些关于月亮的文学好像几乎全是幽怨的，恬退隐逸的，或者缥缈游仙的。跟月亮特别有感情的，好像就是高山里的隐士，深闺里的怨妇，求仙的道士。他们借月亮发了牢骚，又从月亮得了自欺的安慰，又从月亮想象出"广寒宫"的缥缈神秘。读几句书的人，平时不知不觉间熏染了这种月亮的"教育"，临到紧要关头，就会发生影响。

原始人也曾在月亮身上做"文章"——就是关于月亮的神话。然而原始人的月亮文学只限于月亮本身的变动；月何以东升西没，何以有缺有圆有蚀，原始人都给了非科学的解释。至多亦不过想象月亮是太阳的老婆，或者是姊妹，或者是人间的"英雄"逃上天去罢了。而且他们从不把月亮看成幽怨闲适缥缈的对象。不，现代澳洲的土人反而从月亮的圆缺创造了奋斗的故事。这跟我们以前的文人在月亮有圆缺上头悟出恬淡知足的处世哲学相比起来，差得多么远呀！

把月亮的"哲理"发挥得淋漓尽致的，也许只有我们中国罢？不但骚人雅士美女见了月亮，便会感发出许多的幽思离愁，扭捏缠绵到不成话；便是喑呜叱咤的马上英雄也被写成了在月亮的魔光下只有悲凉，只有感伤。这一种"完备"的月亮"教育"会使"狭的笼"里逃出来的人也触景生情地想到再回去，并且我很怀疑那个邻舍老头子所谓"年纪大一岁，月亮也大一些"的说头未必竟是他的信口开河，而也许有什么深厚的月亮的"哲理"根据吧！

从那一次以后，我渐渐觉得月亮可怕。

我每每想：也许我们中国古来文人发挥的月亮"文化"，并不是全然主观的；月亮确是那么一个会迷人会麻醉人的家伙。

星夜使你恐怖，但也激发了你的勇气。只有月夜，说是没有光明吗？明明有的。然而这冷凄凄的光既不能使五谷生长，甚至不能晒干衣裳；然而这光够使你看见五个指头却不够辨别稍远一点的地面的坎坷。你朝远处看，你只见白茫茫的一片，消弭了一切轮廓。你变做"短视"了。你的心上会遮起了一层神秘的迷迷糊糊的苟安的雾。

人在暴风雨中也许要战栗，但人的精神，不会松懈，只有紧张；人撑着破伞，或者破伞也没有，那就挺起胸膛，大踏步，咬紧了牙关，冲那风雨的阵，人在这里，磨炼他的奋斗力量。然而清淡的月光像一杯安神的药，一粒微甜的糖，你在她的魔术下，脚步会自然而然放松了，你嘴角上会闪出似笑非笑的影子，你说不定会向青草地下一躺，眯着眼睛望天空，乱麻麻地不知想到哪里去了。

　　自然界现象对于人的情绪有种种不同的感应，我以为月亮引起的感应多半是消极。而把这一点畸形地发挥得"透彻"的，恐怕就是我们中国的月亮文学。当然也有并不借月亮发牢骚，并不从月亮得了自欺的安慰，并不从月亮想象出神秘缥缈的仙境，但这只限于未尝受过我们的月亮文学影响的"粗人"吧！

　　我们需要"粗人"眼中的月亮；我又每每这么想。

二十三年中秋后

疯子

大概是三十年以前吧，我第一次知道了什么叫做疯子。

那时我不过七八岁，我的家乡的住了三代的老屋对门是一家卖水果的；他家除了沿街的两间铺面，后边就是一块空地，据说是"长毛"烧了一直就没有钱再造起。空地后边就是河，小小的石埠，临水有一棵老桑树和栀子树。就是他家，出了我所知道的第一个疯子。

因为他家那块空地是夏天乘凉冬天晒太阳的好所在，我那时差不多天天到他家去玩的。他们是卖水果的，上午很忙，下午却空闲了，他们的小儿子阿四也许到城隍庙前的书场上听"程咬金卖柴扒"，他们的老当家就坐在铺门边的竹椅子上打瞌睡；和我们几个一般是邻舍的孩子在空地上玩耍的，总是他们的六十多岁的老婆婆，还有一位不曾许人家的二十多岁的姑娘叫做阿绣。我们不大喜欢阿绣。因为她拉住了我们不是问谁做的鞋子，就是问我们妈妈梳的新式的髻叫什么名字，再不然，就是捉得我们中间一个叫骑在她膝上，她使劲地摇，嘴里哼一些我们听不懂的调子。我们顶喜欢缠住了那老婆婆要她讲"长毛"故事。

老婆婆的"长毛"故事总从她家这块烧掉了房子的空地开头。她指着空地上一块半埋在土里的石墩儿，或者是那棵老桑树，就讲她那反复过无数次的故事。照例听到后来我们一定要怕的，我们先是大家挤紧在一堆，不敢再望一眼那石墩或桑树，然后，我们中间有谁忽然怪叫了一声，于是我们也都一齐叫起来，带怕带玩笑似的一齐跑进了屋子。老婆婆的"长毛"故事就这样从来没有讲到过尾巴。

我们跑进屋子去，十回有九回是找他家的左手两个指头缺了一节的阿三。也是卖水果的，但不及阿四那样会唱曲子似的叫卖，并且下午闲了也不上书场去，却躲在他屋里玩他的玩意儿。他会画红面孔大胡子的关帝，白脸的曹操，或者赤发金脸的奎星。他画奎星特别拿手。活像他家隔壁文昌阁上那一个。但是他画来画去只这三位，而且或坐或立，也总是那一套的样子。虽是那么着，我们却也看不厌，我们总是从空地上一哄进来就挤在他四周；他像有点嫌我们打扰了他似的，不过也不做声，正正经经画他的。有时我们中间有谁太放肆了，弄他的画笔，或是骑到他坐着的那张竹椅子背上去，那他就要慢慢地站起来，一脚踏在竹椅子上，右手拿一根他自家做的戒尺，举得高高的横在头顶，睁圆了眼睛，鼓起腮巴，朝那个太放肆的孩子"呼"的喷一口气。据说这是赵玄坛打老虎的姿势。于是我们都笑着拍手。但他的画儿也这样画到一半搁起。

除了画关帝，画曹操，画奎星，这位阿三又能塑菩萨。那一定是弥勒佛。也就在自家空地上挖点泥，晒干了研得细细的，然后掺了水塑起来。他的弥勒佛可不及他的画儿高明，只有那大肚子和拉开了的笑口叫人看了想到这尊菩萨是"笑弥陀"。然而那张笑口一定大得过分了一点。我们说阿三左手断脱的那两节指头可以给那小小的泥菩萨含在嘴里。阿三听了倒也不生气——从没见他笑过，却也没见他开口骂人，他只是捧着他的创作品横看竖看，看过一会，就悄悄地放在板桌上。等过一两天，泥菩萨不见了，他已经把它还原为泥。

阿三同他老子娘以及弟弟妹妹都不大说话。他们背后都说他有点疯疯癫癫——一个疯子。那时我常常想：疯子也怪有趣的。

然而后来叫我第一次辨味着"疯子"这个名儿的意味的，却不是这阿三，而是他的弟弟阿四。

阿四本来是他家最能干聪明的人儿。他家的买卖是他一个人在那里主持。他看见了我们孩子总是笑嘻嘻的，有时还笑嘻嘻给我们一些水果，枇杷、金橘或者半个里半个的石榴。但是我们不常同他在一处玩，为的他除了笑嘻嘻，就是个没嘴的葫芦。他倒实在同阿三有点像，跟那也算能干姑娘的阿绣可就不像是一个娘胎里爬出来的；阿绣是顶爱说话，一天到晚咭咭刮刮只有她一张嘴。

现在我已经不记得怎么一来这个聪明能干笑嘻嘻的阿四忽然就疯了。我只记得那是在阿三失踪——大家都说他出家做和尚去了，而且在阿四婆了老婆以后。阿四这老婆，原是童养媳，然而据说领来后只住了半年光景就又颠倒寄养在一个乡下人家里，每月贴饭钱。这回是年纪大到再也搁不下去了，这才领回家来同阿四成亲。有一天，我照例到他家去玩，忽然看见一个陌生面孔的身材矮小的女人在扫地，阿绣就拉住我悄悄地说道："这个新来的，就是阿四的新娘子。"

又过了几天，就听说阿四成亲了，我们看见他穿了新做的蓝布短衫裤，头上破例戴个瓜皮帽，红帽结，一条老是盘在额角上的辫子居然梳光了垂在脑后；他本来生得白皙，这么一打扮，看去也就很像个新郎官。

但是婆了老婆以后的阿四却更加寡言，嘴角上的笑影也一天一天少见。晴天午后我们照常到他家空地上去玩，有时在门口碰着了他，也不像从前那样朝我们嘻开了嘴笑，也不再给我们什么枇杷之类，他却用了阴凄凄的眼光望着我们，或者，拉住了我们中间一个，盯住了看一会，于是忽然拍拍手，叹一口气，就自顾走了。他这拍手，后来成为一种习惯——也许是他自己发明的表示烦恼的方法；每天早上我们刚起身就听得街上传来了啪啪的声音，我们就知道是阿四站在他自家门前朝天拍手了。晚饭时，我们在饭桌旁敲着碗筷等候开出饭来，也常常看见小丫头好奇似的跑来报告道："对门的阿四又在拍手了！"那时大家听了也不过一笑，并没有想到那拍手是一幕悲剧的开头呀。

这样拍手的早晚课继续了一些日子，就又添出新花样来：是在拍手的时候又把腿用劲地踢。再过后不多几天，又添了第三项：嘴里嘘嘘地吹。早晚两次，他拍的吹的很响，一天比一天响，隔一间房子也分明听得出。好像他是因为要引起人家的注意，所以隔了几天就增加一个新的动作，并且把声音弄得一天响似一天。到这时候，人们就常常说阿四也有点疯疯癫癫了。不过他还能够照常做买卖。而且拍手踢脚嘘气的早晚课做过以后，他静默地不开口，一点异样也没有。

是有什么极大的烦闷在阿四心头吧？那时我并不明白。我只记得我们到他家去玩的时候，竟不觉得他家早已多了一个新娘子。我们，老婆婆，阿绣，同在空地上玩笑的时候，那新娘子从不露脸。而老婆婆和阿绣也从不谈到他家这个"新来的人"。有时我们凑巧早上就到他家的小石埠上钓鱼，凑巧那新娘子也在那里洗衣服，凑巧老婆婆和阿绣都不在跟前，那时候，新娘子就要笑眯眯地朝我们看，问长问短，原是怪和气的。我们都觉得她比咭咭刮刮的阿绣好。然而说不了几句话，阿绣就像嗅到了气味似的跑来了，一双眼睛怪样地东张西望。新娘子就立刻变成哑口，低着头匆匆洗衣服，我们问她话，她也不回答了。不一会，提着湿淋淋的衣服急急忙忙走了。这当儿，阿绣的眼光时时瞥到她身上，而她却头也不抬，似乎非常局促不安。

这样的情形，后来又碰到过好几次。我们小孩子也不大理会得。可是有一天，我和邻家一个小朋友在将吃中饭的时候闯到了他家去，阿绣和老婆婆正忙着做饭，空地上只有那新娘子一个人在扫地，她看见了我们不理，我们也自顾采了些凤仙花坐在一块石头上玩。她扫地扫到我们跟前时，忽然立定了，像要说话似的朝我们看。"新娘子！"我们这样叫着，我们是一直这样叫她的。她听得叫，就把脸色一板，拿起那芦花扫帚的柄用手比一比，意思是这就算人头吧，却把右手扁着像刀似的砍在那扫帚柄头，低声喝一句："杀！"又伸手偷偷指着厨房那边。她那神气是这样的阴森可怕，我们都忍不住惊叫了起来。她连忙对我们摇手，淡淡一笑，就走了。这一幕哑谜，我那时不懂得，就到现在我还是不很明白，但那时我的孩子的心似乎也依稀辨到了阿绣和新娘子这两个女人中间好像有仇似的。什么仇呢？我那时当然不会知道。我回家把这事情告诉了大人，他们都喝我"不许多说"。但后来，我听得烧饭的老妈子悄悄告诉我祖母道："对门的老婆婆不让她儿子在新娘子房里睡觉，都是阿绣搬弄口舌。"于是我确定阿绣和新娘子有仇了。我的孩子的心倒是帮着新娘子这一边。为什么？我也不知道。我只觉得她比唶唶刮刮的阿绣好。

这以后不多几时，母亲忽然禁止我到对门去玩，说是他家的阿四当真疯了。我不大肯相信，却也当真不去玩了，因为他们一家的人似乎都有点变样了：老当家午后不再坐在门口的竹椅子里打瞌睡，却上书场去了；老婆婆代了老当家坐在那里，却老是叽里咕噜骂些我听不懂的话；阿绣呢，脸总是绷得紧紧的，脸上几点细麻子分外明显，看去叫人怕；阿四连生意也不肯做了。

早晚两次的拍手、踢脚、嘘气，阿四仍然没有忘记。不过又新添了一项：嘘气的时候叫着两个字，仿佛是"杀胚！"这两个字使得我们孩子听了很怕，以为疯子者就是那么想杀什么人的吧，同时我每逢听得他这么叫，我就记起了他家新娘子用扫帚柄比着头低声说的一字"杀！"我觉得他家迟早总要弄出杀人的事来吧。

但是有时在街上远远地看见阿四，觉得他跟别人没有什么两样。只在走近了时，才看得出他的眼光不定，面色青白；而且他像避猫的老鼠似的在人们身边偷偷地走过，怀疑地偷相着别人的面孔，似乎一切人都会害他。

不是他想杀人，倒是他怕的被人家谋害吧！——我常常这样想。

　　两年后进了学校里去住宿，我就只在星期日回家的时候，还听得阿四仍然做着他的早晚课，但听说他的老婆已经被他的老子娘卖给乡下人家又做新娘子去了。我听得了这消息就忍不住想道："那家乡下人是不是也有一个像阿绣那样的咭咭刮刮的大姑娘？"

　　新娘子去后，阿四似乎有一个时候比较安静。人们说他间或也做做生意了。但不久忽然又发作起来，不吃饭睡了几天，起来后就站在门口骂人，不知他骂谁，人们也不去理会他。就我所知，阿四骂人，这是新记录。

　　以后就添了一项新功课，早晚两次站在大门口骂人。走路的人谁朝他看了一眼，他就要骂；骂些什么，从来没有人听得明白。

　　这样也继续了半年光景，终于有一天阿四也同他哥哥阿三似的忽然不见了。过了半月，有人说镇外近处河里浮起一个死尸。阿四的老子去看了回来说："不是阿四！"究竟这人到哪里去了，始终没有人知道。

　　卖水果的这两老儿，就剩了叽叽刮刮的大姑娘阿绣。还在"待字闺中"，虽然年纪总快要三十了。而这阿绣，后来永远是那样咭咭刮刮，也不用担心她会疯。"因为她是这样咭咭刮刮，所以不会疯吧？"——我常常这样想。

再谈『疯子』

上次我讲的两个疯子都是封建社会的产儿。水果店的阿三——会画红面大胡子的关帝，白面的曹操，赤发金脸的奎星的阿三，他实在有点像是被埋没了的"艺术的天才"似的（虽然我不敢断定他是不是被俗人的唾沫淹死了的天才），他这样的"疯子"，在有些"诗人"或"艺术家"看来，大概是最中意的"题材"吧，可是我倒觉得阿三的先前一点疯气也没有他弟弟阿四的故事，更加有意义。

像阿四那样的"疯子"，近年来已经少见了——至少在我的故乡是差不多没有。挟父母之令以压制弟弟和弟妇，特别是干涉到他们的床笫之私的"小姑"，尤其是年纪不轻颇有点变态性欲烦闷的"小姑"，在我的故乡——那是感受着都市的风气很快而且很锐敏的，几乎可说没有。

跟阿四同时代的——而且也是封建社会的不二价的产物，还有几个"疯子"，童年的我常常喜欢同他们玩笑的：花一个小钱买得叫花子叫几声"老爷"的不第秀才（在我的家乡，"未青一衿"者，不能僭用"老爷"这尊称，不过这是三十年前的事，近来是久矣废除了那样的"封建"的规矩了，谁今天有钱，他就是"老爷"了），以及想发横财一年总有一次要到镇外那大河里"捞金刀金酒壶"（这是从我的家乡的一个民间传说来的，说是从前沈万山的全是金器的伙食船就翻沉在那处的河道里）的破落户子弟。不过这样的"科第迷"、"财迷"的疯子，说来也太陈腐了；还是一笔表过。

现在我要说的却是另一"型"的疯子。也是两个。

大约是民国的第二三年吧，民间颇有些"破除迷信"的呼声。本来呼声自呼声，迷信自迷信，两方面是"河水犯不了井水"的样子；可是那一回大概是因为要"普及教育"了吧，立刻要开办几个单级的小学校，"以符功令"；好，经费是有的，每校每年二百六十元左右，教师也是现成的，私塾的"猴子王"正待改业而穷秀才也正在找出路；只是校舍没有着落，于是所谓"破除迷信"也者第一次见之于事实了。有几座破庙的老和尚被办学的绅士们从"方丈室"赶到了"香积厨"，大佛殿上的菩萨搬一个转身（这就是说，请菩萨面壁思过），居然就教起"天地日月"来，成为学校，有的居然还挂了"学校重地，闲人莫入"的虎头牌儿。

我这里要讲的"疯子"之一就在那时候产生。

这是一位怪老实相的中年人。有一张山羊脸，羊眼睛，和罕见的高鼻子。并不高大，些微有点"鸡胸驼背"似的。不论冬天夏天，他总是一件褪色的蓝竹布长衫；不论晴天雨天，他总带着一柄油纸雨伞，挟在夹肢下的。

这一位"疯子"第一回给我的印象简直是不疯的。他挟着雨伞，目不旁视地匆匆忙忙走过，极像个办大事的人物。他在街上出现的时候，总是那样一本正经，忙得不可开交的样子。而他可也实在比谁也忙些。他要打听镇上谁家有"佛事"，他要赶到那边，站在和尚背后，毕恭毕敬地看着和尚"拜忏"，直到"关灯"；如果碰到那家做"佛事"的人家是"高门大户"，"经堂"是摆在第二进的屋子里，那么，他还要跟门上的"大叔"作揖说好话，非达到了放他进去的目的决不休止；如果碰到同一天里有两三处的"佛事"，那么，他一定要处处都到，他会非常科学地支配好了时间，先在甲处看和尚们"开忏"，然后匆匆地赶到乙处丙处，也赶上了看得见的"开忏"，然后再轮流地回到甲处"站在和尚背后"。在这些时候，他不能把一堂忏从头看到底了，那他就按着"有始有终"的意义不论怎样忙不过来，"开忏"和"关灯"这两大仪式他是一定要到场的。有时他因此会跑来跑去忙了一天，连吃饭都没有工夫；那时候，他脸上紧张的神气就好比是一个指挥几路战线的总司令；那时候，有什么人故意寻他的开心当街一把拉住了他的话，那他不是"绝裾而去"，便竟会两道眼泪直淌，跪下去哀求。

"今天镇上有几堂忏，"他比和尚们知道得清楚。

"谁家该做周年了，谁家的老太太或是老太爷要转十周年或二十周年了。"他的消息比和尚还灵，并且比和尚还关心，早就在那里四处打听。

要是你看见他踱着方步在街上走过，那你就可以断定今天是一处佛事也没有；要是在这时候，你朝他看一眼。那他就会正经得了不得地踱到你跟前，并且郑重告诉你：明后天将有谁家的佛事，拜什么忏，几个和尚，哪一个庙里的和尚……也许那将要做佛事的人家自己倒还记不得那么清楚。

到"甲子年"齐卢战争那时候，这一位疯子忽然不见了；有人说是被军队拉了去当伕子，也有人说他出家做了和尚；真相不明。但是过不了多久，他的"第二世"又出现了。这"看和尚的疯子"二世却不及那位一世那么虔诚。虽然也是逢忏必到，但这"二世"却满足于一家，不像"一世"似的东西奔波；并且这"二世"也不像那"一世"似的"站在和尚背后"毕恭毕敬地"看"，他还帮和尚们收拾法器，帮主人家招待客人；他并不是夏天冬天穿着竹布长衫，也没有拿雨伞，他是更像一个平常人。碰到机会好，他亦常常叨扰主人家一顿饭，他似乎不大肯让肚子叫苦。不用说，这"二世"已经是"堕落"了的，但为保存史料起见，我在这里也附带一笔。他当然不是我上文所说的"另一型的疯子"两个中间的一个。

这所谓第二个"疯子",不看和尚,而且也不是"专门一科"的疯子;这就是说,他的疯的征象常常在变动。他不是"羊眼睛";他的,是一个人气苦了时那种发红的有点像出神又有点像瞪视着什么死不肯放开的眼睛。也没有什么衣服上的特异,也不拿什么特别的记号似的东西。他是喜欢说话的,有时要骂人。他第一次有点"疯疯癫癫"是在距今七年前镇上的小学校实行了男女同学,而且许多大姑娘都剪了头发的时候。不知道是怎样一来,人们忽然发觉了他每天必得在那小学校门前踱过两三回,而且一面踱,一面就骂:"男女不分;读书吗?学轧姘头。"他又发明了"大姑娘剪发"的目的也是要使"男女不分",通奸时方便些——男的可以扮做女的,混在女子队里,而女的也可以扮做男的,混在男子这面去。

这种观念,本来不是他一个人专有的;可是只有他当众叫出来,所以他就成了"疯子"。然而单只这一点,他这"疯子"的头衔还是不大牢靠的。不久,他就更加和平常人不同了。他整天在街旁的垃圾堆里掏摸,把什么烂鱼的肚实——特别是咸带鱼的尾尖,当宝贝似的收集起来,然后挨家挨户去分送,郑重地说:"搁在屋顶过一个礼拜,治小孩子的脑膜炎,灵验得很!"人家不要,他就不肯走;被他缠得没有办法接收了时,他可又疑心人家是敷衍他了,一定要亲眼看着人家把这些臭东西搁到屋顶去。这可是不折不扣"疯子"的行径了。人家远远看见他来就赶快关门。于是，蓬蓬蓬，他挨家敲了过去，结果，把他收集得来的臭东西每家门前给放下一些。

然而他的异想天开还不止此。他收集垃圾的范围扩大了，凡是臭烂的东西，不论是动物或植物，他全部收了来，堆在自己的家里，他还找了几个顽皮的孩子帮他收。等那臭东西生了虫，他就像拾得了宝贝似的，赶快连虫连臭东西送到他的邻舍去，说是这些虫可以做戒烟丸，上海有公司出了大价钱在那里收买。（在这里，我得注一笔，乡镇里"有嗜好"的人近来是非常之多的。）

他还有许许多多"化腐臭为神奇"的法子，好在垃圾堆在乡间是取用不尽的。他这样的"疯子"现在还没有"第二世"出现。但我觉得一定会有，而且还会有更多的别种"型"的疯子要产生。至于他呢，则就我所见的而言，他是机械势力侵入农村而且正当农村急速地破产这混乱的现象中第一次产生的带着"时代的烙印"的一个疯子。像前回我讲过的阿四那样的疯子，以及此次所讲的专门要看和尚拜忏的疯子，大概将来不会再见了吧？将来会多起来的，也许就是这样的妄想在臭腐东西里找出治脑膜炎的方法以及戒烟丸之类的疯子。他们本质上倒是最不疯的，然而他们的行动却是"疯子"。

一九三四年十二月廿四日

旧账簿

去年有一位乡先辈发愿修"志"。我们那里本来有一部旧志，是乾隆年间一位在我乡做官的人修的。他是外路人，而且"公余"纂修，心力不专，当然不免有些不尽不备。但这是我乡第一部"志"。

这一回，要补修了，经费呢，不用说，那位乡先辈独力担任；可是他老先生事情忙得很，只能在体裁方面总其成，在稿子的最后决定时下一判断。事实上的调查搜辑以及初稿的编辑，他都委托了几个朋友。

是在体例的厘定时，他老先生最费苦心。他披览各地新修的县志镇志，参考它们的体例；他又尽可能的和各"志"的纂修者当面讨论；他为此请过十几次的客。

有一次请客，主要的"贵宾"是一位道貌岸然，长胡子的金老先生。他是我们邻镇的老辈，他修过他自己家乡的"志"——一部在近来新修的志书中要算顶完备的镇志。他有许多好意见。记得其中之一是他以为"镇志"中也可有"赋税"一门，备载历年赋税之轻重，而"物价"一项，虽未便专立一门，却应在有关各门中特别注意；例如在"农产"，顶好能够调查了历来农产物价格之涨落，列为详表，在"工业"门，亦复如此。

老先生的意见，没有人不赞成。但是怎样找到那些材料呢？这是个问题。老先生捻须微笑道："这儿，几十年的旧账簿就有用处。"

从那一顿饭以后，我常常想起了我小时看见的我家后楼上一木箱的陈年旧账簿。这些旧账簿，不晓得以何因缘，一直保存下来，十岁时的我，还常常去翻那些厚本子的后边的空白纸页，撕下来做算草。但现在，我可以断定，这一木箱的陈年旧账簿早已没有了。是烧了呢，或是"换了糖"？我记不清。总之，在二十年前，它们的命运早已告终。而我也早已忘记我家曾经有过那么一份不值钱的"古董"。

现在经那位金老先生一句话，我就宛然记得那一厚本一厚本的旧账簿不但供给过我的算草稿，还被我搬来搬去当做垫脚砖，当我要找书橱顶上一格的木版旧小说的时候；那时候，我想不到这些"垫脚砖"就是——不，应该说不但是我家"家乘"的一部分，也就是我们"镇志"的一部分。

实在的，要晓得我们祖父的祖父曾经怎样生活着，最能告诉我们真实消息的，恐怕无过于陈年的旧账簿！

我们知道我们的历史，也无非是一种"陈年旧账簿"。但可惜这上头，"虚账"和"花账"太多！

我们又知道我们读这所谓"历史"的陈年旧账簿得有"眼光"。不但得有"眼光"，而且也得有正确的"读法"。正像那位金老先生有他的对于"陈年旧账簿"的正确的"看法"一样。

在这里，我就想起了我所认识的一位乡亲对于他家的一叠"陈年旧账簿"的态度。

这一位乡亲，现在是颇潦倒了，但从前，他家也着实过得去，证据就在他家有几十年的"陈年旧账簿"——等身高的一叠儿。他的父亲把亲手写的最后一本账簿放在祖传的那一堆儿的顶上，郑重地移交给他——那还是三十多年前的事；他呢，从老子手里接收了那"宝贝"以后，也每年加上一本新的，厚厚的一本儿。那时候，他也着实过得去。可是近几年来就不同了。证据就在他近年来亲手写的账簿愈来愈薄，前年他叹气对人说："只有五十张纸了！"说不定他今年的账簿只要二十张纸。

然而他对于"陈年旧账簿"的态度是一贯的没有改过。不——应该说，他的境遇愈窘则他对于他那祖传的"陈年旧账簿"的一贯的态度就更加坚决更加顽强。例如：三五年前他还没十分潦倒的时候，听得人家谈起了张家讨媳妇花多少李家嫁女儿花多少，他还不过轻轻一笑道："从前我们祖老太爷办五姑姑喜事的时候，也用到了李家那个数目，先严大婚，花的比张家还要多些：这都有旧账簿可查！然而你不要忘记，那时候，油条只卖三文钱一根！"从前年起，他就不能够那么轻轻一笑了事了。前天大年夜，米店的伙计在他家里坐索十三元八角的米账的时候，他就满脸青筋直暴，发疯似的跳进跳出嚷道："说是宕过了年，灯节边一定付清，你不相信吗？你不相信我家吗？我们家，祖上传来旧账簿一叠，你去看看，哪一年不是动千动万的大进出！我肯赖掉你这十三元八角吗？笑话，笑话！"他当真捧了一大堆的"陈年旧账簿"出来叫那米店伙计"亲自过目"。据说，那一个大年夜他就恭恭敬敬温读了那些"陈年旧账簿"一夜。他感激得掉下眼泪来，只喃喃地自言自语着："祖上哪一年不是动千动万的进出……镇上那些暴发户谁家拿得出这样一大堆的旧账簿！哦，拿得出这样一大堆的几十年的旧账簿的人家，算来就只有三家：东街赵老伯，南街钱二哥，本街就只有我了！"他在他那祖传的"陈年旧账簿"中找得了自傲的确信。过去的"黄金时代"的温诵把他现在的"潦倒的痛疮"轻轻地揉得怪舒贴。

这是对于"陈年旧账簿"的一种"看法"。而这种"看法"对于那位乡亲的效用好像还不只是"挡债"，还不只是使他"精神上胜利"，揉平了现实的"潦倒的痛疮"。这种"看法"，据说还使他能够"心广体胖"，随遇而安。例如他的大少爷当小学教员，每月薪水十八元，年青人不知好歹，每每要在老头子跟前吐那些更没有别的地方让他吐的"牢骚"；这当儿，做老子的就要"翻着旧账簿"说："十八元一月，一年也有二百元呢；从前你的爹爹还是优贡呢，东街赵老伯家的祖老太爷请了去做西席，一年才一百二十呀！你不相信，查旧账簿！祖上亲笔写得有哪！"

这当儿，我的乡亲就忘记了他那"旧账簿"也写着油条是三文钱一根！

虽然照这位乡亲精密的计算，我们家乡只有三家人家"该得起"几十年的"陈年旧账簿"，但是我以为未必确实。差不多家家都有过"旧账簿"，所成问题者，年代久远的程度罢了。自然，像那位乡亲似的"宝贝"着而且"迷信"着"旧账簿"，——甚至还夸耀着他有"那么一叠的旧账簿"的，实在很多；可是并不宝爱"旧账簿"，拿来当柴烧或者换了糖的，恐怕也不少。只是能够像上面说过的那位金老先生似的懂得"旧账簿"的真正用处的，却实在少得很呵！

又有人说，那位乡亲的"旧账簿"看法还是那位跟他一样有祖传一大叠"旧账簿"的东街"赵老伯"教导成的，虽然"赵老伯"自家的"新账簿"却一年一年加厚——他自家并不每事"查旧账"而是自有他的"新账"。

不过，这一层"传说"，我没有详细调查过，只好作为"悬案"了。

一九三五年一月二十日"查旧账"之时

狂欢的解剖

从前欧洲中世纪"黑暗时代"，十三世纪那时候，有些青年人——大都是那时候几个新兴商业都市新设的大学校的学生，是很会寻快乐的。流传到现在，有一本《放浪者的歌》，算得是"黑暗时代"这班狂欢者的写真。

《放浪者的歌》里收有一篇题为《于是我们快乐了》的长歌，开头几句是这样的：

且生活着吧，快活地生活着，

当我们还是年青的时候；

一旦青春成了过去，而且

潦倒的暮年也走到尽头，

那我们就要长眠在黄土荒丘！

朋友，也许你要问：这班生在"黑暗时代"的年青人有什么可以快乐的？他们寻快乐的对象又是什么呢？这个，哦，说来也好像很不高明，他们那时原没有什么可以快乐的，不过他们觉得犯不着不快乐，于是他们就快乐了，他们的快乐的对象就是美的肉体（现世的象征）——比之"红玫瑰是太红而白玫瑰又太白"的面孔，"闪闪的笑着……亮着"，像黑夜的明星似的眼睛，"迷人的胸脯"，"胜过珊瑚梗的朱唇"。

一句话，他们什么也不顾，狂热地要求享有现实世界的美丽。然而他们不是颓废。他们跟他们以前的罗马人的纵乐，所谓罗马人的颓废，本质上是不同的；他们跟他们以后的十九世纪末年的要求强烈刺激，所谓世纪末的颓废，出发点也是完全不同的。他们的要求享乐现世，是当时束缚麻醉人心的基督教"出世"思想的反动，他们唾弃了什么未来的天堂——渺茫无稽的身后的"幸福"，他们只要求生活得舒服些，像一个人应该有的舒服生活下去。他们很知道，当他们眼光光望着"未来的天堂"的时候，那几千个封建诸侯把这世界弄得简直不像人住的。如果有什么"地狱"的话，这"现世"就是他们不稀罕死后的"天堂"，他们却渴求消灭这"现世"的活地狱；他们的寻求快乐是站在这样一个积极的出发点上的。

他们的"放浪的歌"是"心的觉醒"。而这"心的觉醒"也不是凭空掉下来的。他们是趁了十字军过后商业活动的涨潮起来的"暴发户"，他们看得清楚，他们已经是一些商业都市里的主人公，而且应该是唯一的主人公。他们这种"自信"，这种"有前途"的自觉，就使得他们的要求快乐跟罗马帝国衰落时代的有钱人的纵乐完全不同，那时罗马的有钱人感得大难将到而又无可挽救，于是"今日有酒今日醉"了；他们也和十九世纪的"世纪末的颓废"完全不同，十九世纪末的"颓废"跟"罗马人的颓废"倒有几分相似。

所谓"狂欢"也者，于是也有性质不同的两种：向上的健康的有自信的朝气蓬勃的作乐，以及没落的没有前途的今日有酒今日醉的纵乐。前者是"暴发户"的意识，后者是"破落户"的心情。

这后一意味的"狂欢"，我们也在"世界危机"前夜的今年新年里看到了。据路透社的电讯，今年欧美各国"庆祝新年"的热烈比往年"进步"得多。华盛顿，纽约，罗马，巴黎，这些大都市，半夜里各教堂的钟一齐响，各工厂的汽笛一齐叫，报告一九三五年"开幕"了；几千万的人在这些大都市的街上来往，香槟酒突然增加了消耗的数量……真所谓满世界"太平景象"。然而同时路透社的电讯却又报告了日本通告废除华盛顿海军条约，美国也通过了扩充军备的预算，第二次世界大战的"闹场锣鼓"是愈打愈急了。在两边电讯的对照下，我们明明看见了"今日有酒今日醉"那种心情支配着"今日"还能买"酒"的人们在新年狂欢一下。

我记起阳历除夕百乐门的情形来了。约莫是十二时半吧，忽然音乐停止，跳舞的人们都一下站住，全场的电灯一下都熄灭，全场是一片黑，一片肃静，一分钟，两分钟，突然一抹红光，巨大的"1935"四个电光字！满场的掌声和欢呼雷一样的震动，于是电灯又统统亮了，音乐增加了疯狂，人们的跳舞欢笑也增加了疯狂。我也被这"狂欢"的空气噎住了，然而我听去那喇叭的声音，那混杂的笑声，宛然是哭，是不辨哭笑的神经失了主宰的号啕！

　　我又记起废历年的前后来了。这一个"年关"比往年困难得多，半个月里倒闭的商店有几十，除夕上一天，又倒闭了两家大钱庄，可是"狂欢"的气势也比往年"浓厚"得多。下午二点钟，几乎所有的旅馆全告了客满。并不是上海忽然多了大批的旅客，原来是上海人开了旅馆房间作乐。除夕下午市场上突然流行的谣言——日本海军陆战队要求保安队缴械的消息，似乎也不能阻止一般市民疯狂地寻求快乐；不，也许因此他们更需要发狂地乐一下。影戏院有半夜十二时的加映一场，有新年五日内每日上午的加映一场，然而还嫌座位太少。似乎全市的人只要袋里还有几个钱娱乐的，哪怕是他背上有千斤的债，都出动来寻强烈刺激的快乐。在他们脸上的笑纹中（这纹，在没有强笑的时候就分明是愁纹，是哭纹），我分明读出了这样的意思："今天不知明天事，有快乐能享的时候，且享一下吧，因为明天你也许死了！"

　　而这种"有一天，乐一天"的心理并不限于大都市的上海呵！废历新年初六以后的报纸一边登着各地的年关难过的恐慌，一边也就报告了"新年热闹"的胜过了往年。越穷是越不知道省俭呵！这样慨叹着。不错，不穷而到了穷的，明明看见没有前途的"破落户"，是不会"省俭"的，他们是"得过且过"；现在还没"穷"，然而恐怖着"明天"的"不可知"的人们，也是不肯"省俭"的，他们是"有一天，乐一天"！例外的只有生来就穷的人，饿肚子的人，他们跟发疯的"狂欢"生不出关系。

我又记起废历元旦瞥见的一幕了。那是在一·二八火烧了的废墟上，一队短衣的人们拿着钢叉，关刀，红缨枪，带一个彩绘的布狮子。他们不是卖艺的，他们是什么国术团的团员，有一面旗子。我看见他们一边走，一边舞他们的布狮子，一边兴高采烈地笑着叫着。我觉得他们的笑是"除夕"晚上以及这"元旦"一日我所听到的无数笑声中唯一的例外。他们的，没有"今日有酒今日醉"的音调！然而他们的笑，不知怎地，我听了总觉得多少是原始的，蒙昧的，正像他们肩上闪闪发光的钢叉和关刀！

"今日有酒今日醉"的"狂欢"，时时处处在演着，不过时逢"佳节"更加表现得尖锐罢了。我好像听见这不辨悲喜的疯狂的笑，从伦敦，从纽约，从巴黎，柏林，罗马，也从东京，从大阪……我好像看见他们看着自己的坟墓在笑。然而我也听得还有另一种健康的有自信心的朝气的笑，也从世界的各处在震荡；我又知道这不是为了"现世"的享乐而笑，这是为了比"放浪者的歌"更高的理想，因为现在到底不是"中世纪"了。

一九三五，二月二十

上海

一、我的二房东

旅馆里只住了一夜,我的朋友就同我去"看房子"。

真是意外,沿马路的电灯柱上,里门口,都有些红纸小方块;烂疮膏药似的,歪七竖八贴着。这是我昨天所不曾看到的,而这些就是"余屋分租"的告白。

我们沿着步行道慢慢地走去,就细读那些"招租文学"。这是非常公式主义的,"自来水电灯齐全,客堂灶披公用,租价从廉"云云。不进去看是无所适从的,于是我们当当地叩着一家石库门上的铜环了。我敢赌咒说,这一家石库门的两扇乌油大门着实漂亮,铜环也是擦得晶晶耀目,因而我就料想这一家大约是当真人少房子多,即所谓有"余屋"了。但是大门一开,我就怔住了;原来"天井"里堆满了破旧用具,已经颇无"余"地。进到客堂,那就更加体面了;旧式的桌椅像"八卦阵"似的摆列着。要是近视眼,一定得迷路。因为是"很早"的早上九点钟,客堂里两张方桌构成的给"车夫"睡的临时床铺还没拆卸。厢房门口悬一幅古铜色的门帘,一位蓬松头发的尖脸少妇露出半截身子和我们打招呼。我们知道她就是"二房东"太太。

她唤一个四十来岁的女仆引我们上楼去看房间。在半楼梯,我第二次怔住了。原来这里有一个箱子形的阁楼,上海人所谓"假二层",箱子口爬出来一位赤脚大丫头。于是我就有点感到这份人家的"屋"并不怎样"余"了。

客堂楼和厢房楼本不是我的目标。但听那里边的咳嗽声和小孩子的哭闹也就知道是装满了人。我的目标是后厢房。这是空的,即所谓"余屋"。然而这里也有临时阁楼,一伸手就碰到了那阁楼的板壁。

"这也在内吗?"

我的朋友指着阁楼说。

二房东的女仆笑了一笑,就说明这阁楼,所谓"假三层",还是归二房东保留着,并且她,这女仆就宿在这阁楼上。

我再也忍不住了,连说"房子不合适",就同我的朋友逃下楼去。这回却要请我们走后门了。穿过那灶间的时候,我瞥眼看见这不满方丈的灶间里至少摆着五副煤球风炉。

"那人家,其实并没有余屋呀!"

到了马路上的时候,我就对我的朋友说。

但是马路旁电灯柱上和里门口,有的是数不清的"余屋分租"告白。我们又接连看了几家，那并不是真"余"的现象是到处一样。我觉得头痛了。而我的朋友仍旧耐心地陪了我一家一家看过去。他说：

"上海人口据说是有三百万啦，除了极少数人住高大洋房，那是真真有余屋，而且余得太多，可是决不分租，其余百分之九十的上海人还不是这样装沙田鱼似的装起来吗？这是因为房租太贵，而一般上海人就顶不讲究这一个住字。还有，你没看见闸北的贫民窟呢！"

我的朋友是老上海，他的议论，我只好接受。并且我想：在现社会制度下，世界的大都市居民关于住这方面，大概都跟上海人同一境地。

最后，我"看"定了一家了。那是在一条新旧交替的马路旁的一个什么里内。这一簇房屋的年龄恐怕至少有二十多岁。左右全是簇新的三层楼新式住宅，有"卫生设备"，房租是以"两"计的。可是这些新房子总有大半空着，而这卑谦的龌龊的旧里却像装沙田鱼的罐头。上海的畸形的"住宅荒"，在这里也就表现得非常显明。

这些老式房子全是单幢的，上海人所谓"一楼一底"。然而据说每幢房子里至少住三家，分占了客堂、客堂楼和灶披楼。多的是五家，那就是客堂背后以及客堂楼背后那么只够一只床位的地方，也成立了小家庭。我住的一幢里，布置得更奇：二房东自己住了统客堂，楼上是一家住了统客堂楼，又一家则高高在上，住了晒台改造成的三层楼，我住的是灶披楼，底下的灶披也住了一家。

同是沙田鱼那样紧装着，然而我的这位二房东以及邻居们在经济地位上就比我第一次"看"的那份人家要低得多又多呢！但是对于我，这里的灶披楼并不比那边的后厢房差些，租钱却比那边便宜。

二房东是电车公司里的查票员，四十多岁的矮胖子。他在住的问题上虽然很精明，然而穿吃玩都讲究。他那包含一切的统客堂里，常常挤着许多朋友，在那里打牌，哄饮。

然而他对于"住"一问题，也发表过意见；那是我搬了去的第二天早上：

"朋友！这么大一个灶披楼租你十块钱，天理良心，我并没多要你的！有些人家靠做二房东吃饭的，顶少也要你十四块。我这房子是搬进来顶费大了，吓，他妈的，四百块！我只好到三房客身上找点补贴，对不对？"

"哦，哦，好大的顶费！有多少装修呢？"

"有个屁的装修，就只那晒台上的假三层，按月拿八块钱连电灯的房租。我是借了红头阿三的皮球钱来顶这房子的，我有什么好处？"

我好奇地问他为什么要顶下来呢？我替他大略一算，他借了高利贷花那么大本钱做二房东似乎当真没有多大好处。

"一个人总得住房子呀！我本来住在那边 ×× 里，"他随便的举手向西指了一指，"自己住客堂楼，灶披楼，租出了底下，灶披公用，那不是比这里写意得多？可是大房东要拆造了，翻造新式房子，就是那边高高的三层楼，我只好搬走。上海地方房子一翻造，租钱就要涨上一倍。我住不起，只好顶了这幢来，自家也马马虎虎挤紧些。"

我相信二房东这番话有一部分的真理。在上海，新房子愈多造，则人们愈加挤得紧些。那天我和朋友"看"房子的时候，也因好奇心的驱使，敲过几家新式房子的大门。这些住了三层楼"卫生设备"的人家竟有把浴间改造成住人的房间来"分租"的。我当时觉得很诧异，以为既然不要浴间，何必住新式房子。可是我的朋友也说是房钱太贵了，人们负担不起，而又找不到比较便宜的旧式房子，就只好"分租"出去，甚至于算盘打到浴室上头。

由此可知我的这位二房东查票员毅然借了高利贷顶下这房子来，也是再三筹划的结果。

二、我的邻居

到上海来，本要找职业。一连跑了几处，都是"撞木钟"。不知不觉住上了一星期，虽然"大上海"的三百万人怎样生活，我不很了了——甚至同里内左右邻人的生活，我也不知道，可是同一后门进出的三位邻居终于混熟了。

先是跟住在灶披里的一家做了"朋友"。这是很自然的。因为我每天总得经过他们的"大门"。第一次见面的仪式是点头，各人脸上似笑非笑地，喉管里咕噜了一声；后来就渐渐谈话。这位三房客——就称他为"下邻"吧，大约三十开外，尖下巴，老鼠眼睛，好像有老婆，又好像没有老婆。职业呢，也好像有，也好像没有。每天总有几个人，长衫的或短衫的，到他"家"里唧唧哝哝好半天才走。有一次，我经过他"家"，刚好那"大门"开了一条缝，我瞥眼看见里头有黄豆样的灯火，一个人横在旁边捧着竹节短枪。这是抽鸦片烟，我知道。我笑了笑，也就走过了。但是回来的时候却碰到那位"下邻"站在他自家门口，我们照例把嘴唇皮皱成个笑样，就算打过招呼，不料我的这位"下邻"忽然请我"进去坐坐"。

屋子里只有他一人，倒收拾得干干净净，黄豆大的灯火和短枪都不见了。他很关心似的问我"寻着生意"没有，听说了还没有，他就侧着脸，搔头皮，又说他认识一个朋友，"人头很熟"，他愿意同我介绍。我自然"感谢"。末了，他拿出一个纸包来，说是朋友寄存在他那里的，可是他"家"里门户不谨慎，想寄到我房里去，"明后天就来拿去"。

纸包不大，却很有点分量。我当即猜到是"土"，我老实不很愿意招惹这些闲事，但因为面皮嫩，又想到鸦片已经公卖，在上海地方"家"里有"土"并不犯法，我也就接收了。这就是所谓"出门人大家帮忙"。

回到房里我偷偷地打开纸包角一看，才知道不是"土"，而是些小小的红色丸子。我直觉到这一定是报上常见的什么"红丸"了。红丸在上海是查禁的，我真糟了！然而我既答应代保管，我就不好意思送回去，结果我把它藏在床下。

幸而当天晚上我的"下邻"就来取他的宝贝了。我装出了开玩笑的样子对他说道：

"喂，朋友！你有这号货色，也没请我尝尝，多么小气呀！再者，你为什么不老实告诉我呢？我可以藏得好些。"

那"下邻"只是闪着老鼠眼睛笑。

从这一回以后，我和他算是有了特别交情。渐渐我知道他的职业是：贩卖红丸，以及让人到他"家"来过瘾，一种最简陋的"私灯"。他自己也抽几口，可是不多。

"现在，卖鸦片是当官，卖红丸就算犯法，他妈的，要说到害人，还不是一样！不过人家本钱大，就卖鸦片，我是吃亏本钱太小罢了！"有一天，他忽然发牢骚；他说这番话时，一对老鼠眼睛闪闪地就像要咬人家；于是，又像看透了什么似的，他摸着尖下巴，很有自信地接着说下去："鸦片不能禁，不敢禁，为的一禁了，上海地面就出乱子，可是你瞧着吧，将来总有一天红丸也要当官！你说，上海是有钱人多呢，还是穷人多？"

"自然是穷人多啦！可是怎么鸦片一禁就得出乱子？"

我热心地反问；近来我觉得这位不正当职业的"下邻"颇有意思了。

这可打开了这位"下邻"的话匣子。他很"义愤"似的骂那些贩卖黑货的，他把贩卖黑货的内幕说了出来——自然一半是他们中间的"传说"，然而又一半大概是真的，末了，他看定了我问道：

"你想想，要是当真禁鸦片，这一班人哪里来饭吃？他们砸了饭碗，还不惹事吗？我们贩红丸的，抢了他们的生意，就说红丸顶毒，要禁了；可是，朋友，上海人一年一年穷下去了，吃不起鸦片，只好拿红丸来过瘾，我们这项生意是一年年做大。将来总有一天，红丸也要当官，哈哈！"

这位"下邻"是老门槛，他的议论，我不能赞一词。他以为无论什么"生意"，一有了势力——能够养活一帮人，而这一帮人吃不饱时便能捣乱，那就只好让这项"生意"当官。他这"当官哲学"也许是对的。可是他忘记了一点：无论什么"生意"，既当官了，本钱大的，就可以垄断。我立刻将这意思对他说了。他好像很扫兴，又侧着脸搔头皮，勉强干笑着说道：

"保不定下次航空奖券就有我的头彩呀！"

后来我知道这位"下邻"原先也是斯文一派，是教书的，不知道怎样一来就混到了这条"红路"上去了。这话是住在统客堂楼的邻居告诉我的。

这位"前邻",是个有职业的人了。有老婆,也有孩子,本人不过三十岁左右,眼前的职业是交易所经纪人的助手。我同他是在扶梯上认识起来的。全幢房子里要算他最有"长衫朋友"的气味。而我也是还没脱下"祖传"的长衫,所以很快地我们俩也成为"朋友"了。

不用说,我们俩朋友之轧成,是我一方主动的。因为我妄想着,或者他有门路给我介绍一个职业。

我忘记不了我讲起找职业时他的一番谈话。当他知道了我的经济情形,并且知道我是挟着怎样的指望到上海来的,他就很恳切地说:

"你不要见怪,照我看来,你还是回乡下去想法子吧!"

"哦,哦?"我苦闷地喊出了这疑问的声音来。

"你现在是屋漏碰到连夜雨,"他接着说,"你到上海来托朋友寻事体,刚刚你的朋友自己也没事体,你的运气也太坏!可是你就算找到了事,照你说的一个月三四十元,眼前想想倒不错,混下去才知道苦了。"

"哎,哎!我只要够开销呀!"

"哈哈,要是够开销,倒好了,就为的不够呀!你一个月拿三十多元,今年是够开销了,明年就不够。"他提高了嗓子,眼睛看着我的脸，"照你所说，你的事情只有硬薪水，没有'外快'，在上海地面靠硬板板的薪水过日子，准要饿死的！"

"哦，哦！"

"你想，住在上海，开销是定规一年大一年，你的薪水却不能一年加一年，那不是今年够开销，明年就不够了吗？所以我们在上海混饭吃，全靠'外快'来补贴。正薪水是看得见的，'外快'就大有上落。顶少也得个一底一面。譬如我们的二房东，他要是单靠正薪水，哪里会吃得这么胖胖的？"

我用心听着，在心里咀嚼着，不知不觉怔住了。过一会儿，我鼓起了勇气问道：

"那么，你看我能不能改行呢？我这本行生意只有正薪水，我想来一定得改行了。"

谈到这里，我的"前邻"就笑而不答。但好像不叫我绝望，他迟疑了半晌，这才回答道：

"人是活的，立定主意要改，也就改了。譬如我，从前也不是吃交易所的饭，也是混不过去才改了行的。"

我觉得是"机会"来了，就立刻倾吐了来求他帮忙介绍的意思。他出惊地朝着我看，好像我这希望太僭妄。但他到底是"好人"，并没挖苦我，只说：

"你既然想进这一行，就先留心这一行里的门槛吧。"

我自然遵教。以后碰到他在"家"时，我就常常去找他闲谈，希望得点交易所的知识。但是"知识"一丰富，我就立刻断定这一行我进不去。因为第一须有脚力很大的保人。我这希望诚然是太僭妄了呵！

在我热心于这项幻想的时候，因为闷在"家"里无聊，就时常到北京路、宁波路、汉口路一带观光。这里是华商银行和钱庄的区域。我记不清那许多大大小小的银行名字，只觉得其多出乎我意料之外；这些银行的名字，乡下人都不知道，然而有钱的乡下人带了钱到上海来"避难"，可就和这些银行发生关系了。银行的储蓄部尽量吸收这些乡下逃来的金钱。

我的"前邻"的上司——交易所第×号经纪人，据说就"代表"了好几家银行，有一天，我跟我的"前邻"到交易所去看过。这位经纪人手下有六七个"助手"，而我的"前邻"夹在中间好像异常渺小。他只听从另一助手的指挥，伸出手掌去，涨破了喉管似的叫——据说这就是"做买卖"。可是后来回"家"后我的"前邻"问起我"好不好玩"的时候，他蓦地正色庄容卖弄他的"本领"道：

"你不要看得伸手叫叫是轻便的差使，责任可重要得很呢！公债的涨跌，都从我的伸手叫叫定局的哪！几万人的发财破产都要看我这伸手叫叫！"

听了这样的话，我只有肃然起敬的份儿。而且我相信他的话并不是吹牛。虽则他的"伸手"和"叫叫"就同傀儡戏中的木偶一样全听命于他的上级同事——另一助手，可是我仍旧原谅他的自豪，因为那另一助手也是同样的木偶，听命于更上级的那个经纪人，而经纪人的背后牵线者则是那几个银行。

三、二房东的小少爷

我的朋友答应再等一星期就有确定的消息。我算算袋里的家财，还可以混上两星期，于是我就安心再等他几天。

出门去，多少得花几个钱，我整天守在"家"里，有时闷气不过，就到里门口看街景。这样，我就同二房东的小少爷发生交情了。他是在小学校念书的，可是下午三点以后就看见他挟了书包在弄堂里或是马路旁呼朋引友玩耍。

我去参观过那个小学校。这是上海所谓"弄堂小学"，差不多每一弄堂里总有这么一两所。校舍就是"一楼一底"的房子，我所参观的那个小学校则同普通人家一样，也是"后门进出"。灶披作了办公室兼号房。还兼了"学校商店"，楼上楼下是两个课堂，"天井"里搭了亮棚，却是校长太太的香房了。校门外的弄堂就是上体操课的操场。

这些"弄堂小学"实在就是私塾，然而到底比私塾"高明"些吧，二房东的小少爷在"弄堂小学"里四年，居然便能看"小书"了。所谓"小书"，是半图半字的小说，名为"连环图画小说"。《三国志》、《封神传》、《水浒》、《七侠五义》，差不多所有的旧小说，都有简易的"连环图画"本。我第一次看见二房东的小少爷拿着这种"小书"一面走一面看的时候，我很惊奇。我拉住了他问道：

"什么书，给我看一看！"

这位小朋友于是得意扬扬地对我夸说剑仙如何如何，侠客如何如何——许多剑仙的名儿，我都不曾听见过。他看见我对答不来，更加得意了，哈哈哈笑了一阵，就拍着我的口袋问道：

"你有铜子吗？有，我就领你去看去。真多！"

我还有点迟疑，可是这位小朋友拉着我就走。出了里门不多几步，就是一所"公厕"，在那"公厕"的墙边，有几个孩子围住了什么东西，热心地一面看，一面议论。我们也是朝那里走去。于是我猛然想起往常见过一个老头子守着两扇门似的东西站在那"公厕"的旁边，而那门样的板上花花绿绿有些像是书。要不是二房东的小少爷今回引我去，我是万万想不到"公厕"旁边就有书摊的。

到了那摊儿跟前，我又看见还有短衫朋友坐在板凳上也在看这些小书。我的小朋友又拍着我的衣袋问道：

"铜板多不多？"

"六七个是有的。"我回答，一面仰脸看那花花绿绿的两扇板门的书架子。

"六个就够了！喂，老头子，《侠盗花蝴蝶》！"

我的小朋友很内行似的支配了我和那摆书摊的老头子。于是一部什么《侠盗》，大约是薄薄的小册子二十多本，到了我们手里。我约略翻了一翻，方才知道所谓"连环图画小说"者，不只是改编几本旧小说，简直还有"创作"，只要有剑仙，有侠盗，有飞剑，有机关埋伏，便有人欢迎。

并且我又知道这书摊上的书只出租，不出卖，租回家去看的，固然也有，但大多数是当场看了一套再换一套。我的小朋友门槛精得很，他和这老头子有不成文契约，是六个铜子当场租看两套。

于是我觉得这"公厕"旁边的尺寸地简直是图书馆，称之曰书摊，还是太失敬了！

这一次以后，我每逢在马路上走，便看见到处有这些"街头图书馆"，差不多每一街角，每一里门口，每一工厂附近，都有这些两扇板门的"图书馆"，而所有的书也同样是那几种"武侠"连环图画。看书的不尽是小孩子，也有大人，不过穿长衫的大人很少很少。

我知道上海并没有完备的公共图书馆，现在我更知道上海却有此种"通俗"的街头图书馆，并且还撒下了异常精密的"阅览网"呵！

一个星期的期间过后，我的职业还是没有找到。我的朋友劝我再等一星期，再去碰碰门路，可是我觉得已经够了。"住"

的问题，"外快"的问题，"红丸"的问题，内地银子跑到上海变成公债的问题，已经叫我了解上海是怎样一个地方，而上海生活又是怎样一种生活了。尤其那些"弄堂小学"和"街头图书馆"在我脑子里留下了一个深刻的印象。

我很怀疑，世界上找得出像上海那样的第二个大都市吗？

（京）新登字083号

图书在版编目（CIP）数据

速写与随笔 / 茅盾著. -- 北京：中国青年出版社，2012.11
（老开明原版名家散文系列） ISBN 978-7-5153-1144-9

Ⅰ.①速… Ⅱ.①茅… Ⅲ.①散文集-中国-当代 ②随笔-作品集-
中国-当代Ⅳ.①I267

中国版本图书馆CIP数据核字（2012）第244671号

责任编辑：万同林
装帧设计：瞿中华

出版发行：中国青年出版社
社址：北京东四12条21号
邮政编码：100708
网址：www.cyp.com.cn
编辑部电话：（010）57350404
门市部电话：（010）57350370
印刷：三河市华润印刷有限公司
经销：新华书店

开本：880×1230　1/32
印张：6.25
字数：60千字
印数：1-4000册
版次：2012年11月北京第1版
印次：2012年11月河北第1次印刷
定价：25.00 元

本图书如有印装质量问题，请凭购书发票与质检部联系调换
联系电话：（010）57350337